この罪《つみ》深《ぶか》き夜《よる》に

この罪《つみ》深《ぶか》き夜《よる》に

和泉《いずみ》 桂《かつら》

ILLUSTRATION
円陣《えんじん》闇丸《やみまる》

CONTENTS

この罪深き夜に

この罪深き夜に

「ずっと遼一郎《りょういちろう》がおそばにおります、国貴様《くにたかさま》」

国貴に覆《おお》い被《かぶ》さるようにして囁《ささや》く遼一郎の声は、どこか悲愴《ひそう》で、けれどもひどく甘い。

彼のその声に応《こた》えたくても、幼い国貴の唇からは呻《うめ》き声しか出てこない。

庭木から落下したせいでしたたかに打ちつけてしまった頭が痛く、目を開けることさえ辛《つら》い。

今にも意識を手放してしまいそうだった。

「っ」

国貴は小さく息をつき、幼馴染《おさななじ》みの指に触れる。

自分の顔に、ぱたぱたと温かな雫《しずく》が落ちる。

それが何なのか、目を閉じたままの国貴にはわからない。

ぬるりとしたその液体は、血だろうか。それとも涙か。

いつも気丈《きじょう》で頼《たの》もしい遼一郎が、泣いているとでもいうのか。


「一生おそばを離れません。この先、命を懸《か》けてお守りします」

だったら、欲しい。

おまえのその命。おまえのその心。

……おまえのすべてを。

今はその願いを言葉にすることはできなくても。

「だから、お許しください。こんな酷《ひど》い目に遭《あ》わせてしまって……」

彼が国貴に手を差し伸べてその躰《からだ》を抱き上げようとしたとき、裏庭での騒ぎを聞きつけたのか、邸宅のほうから複数の人間の足音が聞こえてきた。

「……こいつ、国貴様に何をっ！」

庭師の声だろうか。

「国貴様が怪我《けが》をなさって、」

遼一郎の言葉は乱暴に遮《さえぎ》られた。

「誰か来てくれ！　成田《なりた》の倅《せがれ》が、国貴様に怪我をさせた！」

「国貴様！」

誰か別の人間の腕に抱き上げられたためか。国貴の身が揺られ、遼一郎の声が次第に遠くなっていく。

「馬鹿野郎！　使用人の分際《ぶんざい》で、ふざけやがって！」

一瞬、遼一郎の押し殺したような声が国貴の耳にも届いた。

何か塊《かたまり》を蹴《け》り、殴《なぐ》るような音も。

嫌だ。遼一郎に乱暴をしないで。大切な幼馴染みに、酷いことをしないでほしい。

悪いのは国貴だ。

怪我をしたのは、国貴自身のせいだ。遼一郎が悪いわけじゃない。

「……違う……遼…は…、なにも……」

痛みと悔しさに、涙が溢《あふ》れた。そんな国貴を元気づけるように、使用人は囁く。

「こんなときまで、あの小僧《こぞう》を庇《かば》わなくていいんですよ、国貴様。今、お医者様にお診《み》せしやすから」

「……りょう……」

それだけしか、言葉を口にすることはできなかった。

流れ落ちる血とともに、意識まで手放してしまいそうだ。

だけどこれで、この先一生、遼一郎は国貴のそばにいてくれる。

十やそこらの子供の口約束だなんて、誰にも言わせたりしない。

薄れゆく意識の中、声に出すことはできぬまでも、国貴は確かにそう思った。

その約束を遼一郎自身が踏みにじるまで、国貴はずっと——待っていたのだ。

1

今年は春が遅い。四月の半ばだというのに夜ともなれば冷え込みはいっそう厳しく、躰の芯《しん》までもが凍《こご》えていくようだ。

この銀座界隈《ぎんざかいわい》でも馴染《なじ》みの活動写真館は既《すで》に営業を終えており、建物の灯りは消えている。だが、隣のダンスホールからは音楽や嬌声《きょうせい》が聞こえ、いかがわしい空気が滲《にじ》んでいた。

大正十一年、春。

世界大戦の終結がもたらした戦後不況という暗雲がこの大日本帝国を覆っているが、どこ吹く風の浮かれ方だ。

ダンスホールの爛《ただ》れた気配を避けるように、清澗《せいかん》寺《じ》国貴はあえて街灯のない暗い路地を選んだ。

市電に乗るにせよタクシーを拾うにせよ、大通りに出るにはこちらのほうが近道だ。

最近帝都にも流しのタクシーが増え、国貴も何かと重宝《ちょうほう》にしている。上手《うま》く拾うことができれば、屋《や》敷《しき》にもすぐ帰れるのだが。

そんなことを考えつつ、路地に足を踏み入れた刹《せつ》那《な》。

ばたばたと足音が聞こえてきたと思うと、前方から黒い塊《かたまり》が突進してきた。

「どけっ！」

人が二人、辛《かろ》うじてすれ違える程度の細い道だ。

おぼつかない足取りで路地に駆け込んできた青年は、国貴を押しのけようと肩を摑《つか》み、次いでふらりとこちらに倒れ込んできた。

「大丈夫か？　怪我でも……」

「いや……、軍人か！」

はっと目を瞠《みは》った青年は、忌々《いまいま》しげにそう吐き捨て、国貴の言葉を遮った。青年が咄嗟《とっさ》に国貴の外套《がいとう》を摑んだため、その下に着ていた軍服の襟元《えりもと》が露《あらわ》になったのだ。

　私物の外套を纏《まと》っていたことと、国貴が軍人らしからぬ端整な容貌《ようぼう》をしているために、青年は目前の相手が軍服を着ていることに気づかずにいたのだろう。

　向こうからわずかに射《さ》し込む街灯の光に照らされ、血がこびりついて薄汚れたシャツと殴られて痛々しく腫《は》れ上がった青年の顔が浮かび上がる。

「さすが国家権力の狗《いぬ》は鼻が利くんだな！　こんなところで待ち構えているとは」

　まだ若い。二十歳《はたち》前というところか。おそらく学生だろう。その言い草から、彼が官憲《かんけん》に追われているというのは、明白だった。

　そこで空気を裂くように鋭い警笛《けいてき》が鳴り響き、青年はびくりと身を竦《すく》ませた。

「あっちだ！」

「逃がすな！　追え！」

　今度は複数の怒号《どごう》と軍靴《ぐんか》の足音が聞こえてきて、青年は国貴に向かって身構えた。

　彼はポケットからナイフを取り出し、その手を振り上げる。

　国貴はその手を摑み、素早くねじり上げた。

「くっ」

　青年の顔が苦痛に歪《ゆが》み、虚《うつ》ろな音を立ててナイフが地面に落ちる。

　彼の手を放し、国貴は微《かす》かに顎《あご》を動かして「行け」と合図を送った。

「え……？」

「軍人とまともにやり合って、勝ち目があるわけがないだろう。ここで捕まれば死ぬぞ」

　彼の顔に戸惑《とまど》いの表情が浮かんだが、ここで取れる方策は一つだと思ったのか。青年は小さく目礼をすると、脱兎《だっと》のごとく走り出した。

見ず知らずの相手に恩情《おんじょう》をかけても仕方ないのだが、かといってあえて捕まえる理由もない。

外套の襟を直した国貴は、そのままゆったりとした足取りで路地を出ようとした。

「おい、貴様《きさま》！　男が逃げてこなかったか！」

あちらから走ってきた男たちが、国貴を取り囲む。

見覚えのあるカーキ色の制服は憲兵《けんぺい》のもので、行く手を遮られた国貴は、仕方なく足を止めた。

「誰も見ていないが……よりにもよって人を貴様呼ばわりとは、大した言い草だな」

「な……！」

冷ややかな声音で返すと、国貴を囲んだ三人の憲兵が一様に気色《けしき》ばむ。

やり合うことになれば面倒だと思った国貴の耳に、聞き覚えのある声が届いた。

「——それくらいでやめておけ。近づいて相手が誰か確かめてみろ」

「浅野《あさの》さん……」

足音を響かせて近づいてきた長身の男はそこで足を止め、国貴を認めて口元に笑みを浮かべた。

「こいつは陸大《りくだい》に最年少で入学し、将来を嘱望《しょくぼう》される参謀《さんぼう》本部きってのエリートだ。いくら美人だからといって、甘くみるのは得策《とくさく》じゃないだろう？」

参謀本部という言葉を聞いて、憲兵たちははっと姿勢を正した。

「久しぶりじゃないか……清澗寺中尉《ちゅうい》」

声の主は、旧知の仲である浅野要《かなめ》だった。

ますます厄介《やっかい》な男に見つかったものだと辟易《へきえき》としたが、その感情を顔には出さずに、国貴は素《そ》っ気《け》ない調子で口を開く。

「君か。外套を着てきたのは失敗だったな」

「君は軍人らしい風貌《ふうぼう》ではないからね」

憲兵隊の制服に身を包んだ浅野は、国貴の双眸《そうぼう》を真っ直ぐに見据《みす》える。

「今、ちょうどアカの活動員を追っていたところだ。誰かここには来なかったか」

憲兵が出てくるとは、やはり、先ほどの青年は共産主義者《アカ》だったのか。

相変わらずこの男のまなざしには、慣れることがない。他人を見透《みす》かし、探り、容赦《ようしゃ》なく断罪しようとする瞳。

「特に、何も」

その言葉に納得したかどうかは別だが、浅野はそれ以上深追いしようとはしなかった。そして、今度は部下に向き直る。

「清澗寺が見ていないのだから、こちらには来ていないのだろう。ほかを当たれ」

「……はっ」

部下が敬礼をする。

彼らを人払いしてから、浅野は改めてこちらを見つめた。

わずかに日焼けした膚《はだ》と、彫《ほ》りが深く整った目鼻立ち。身長は百八十センチを超えており、日本人離れした体躯《たいく》の浅野は、学習院《がくしゅういん》からの知人であり、陸《りく》軍士官学校《ぐんしかんがっこう》の同窓だった。

口元を綻《ほころ》ばせて作られた笑みは柔和《にゅうわ》だが、彼がその見た目以上に食えない男であることは、同期の連中なら誰もが知っている。

士官学校の卒業時にも憲兵を志《こころざ》したあたりで、彼の異端児ぶりは確定した。

憲兵は、昨今では反体制運動の取り締まりを行っているが、元来は同じ軍人を監視するために設置された組織である。軍規《ぐんき》違反とあれば他の兵を逮捕する権限を持つため、同じ軍人からも『権力の狗《いぬ》』として忌《い》み嫌われていた。

たいていは何年も他の兵科《へいか》を勤め上げた人物や事

情のある者が転科するところで、新卒の浅野が行くべき部署ではない。

それがあえて憲兵を志したのだから、上の意向があるのだろうとか、浅野には何かたくらみがあるのだろうとか、人々は知った風に噂《うわさ》をした。

「久しぶりだな。先週の同窓会に顔を見せなかっただろう」

「風邪《かぜ》を引いて、寝込んでいたんだ」

誰にだって苦手なものはある。

どうせ今は大したつき合いなどないのに、同窓会など開いたところでどうしろというのだろう。昔のことなど、過去の記憶など、今更《いまさら》無意味なはずだ。

「時間があるなら、どこかで飲まないか」

「君は職務中だろう。何を言ってるんだ」

国貴が眉《まゆ》をひそめると、男は快活《かいかつ》に笑った。

「残念ながら、今日の任務は失敗だ。また対策を練り直さねばならない。となると、今は君のほうが魅力的だ」

それならば始末書ものの事態だろうが、浅野はいっこうに意に介す様子がない。

「本当に君も……変わらないな」

こうして国貴に歯の浮くような言葉を投げかけてくるところは。

それでも彼が、国貴の所行《しょぎょう》に気づいていないのならば有《あ》り難《がた》い。下手《へた》なことを言って弱みを握られるよりは、さっさとこの場を辞してしまおう。

辞去《じきょ》の言葉を口にしようとした刹那、唐突《とうとつ》に顎《あご》に指を添えて上向かされ、国貴は表情を強張《こわば》らせた。

「何、を……」

「わかっていない奴だな。あの男を逃がしたことを、帳消しにしてやると言ってるんだ」

耳に注ぎ込まれた凍《こご》えるような無機的な声に、ぞくりとする。

「僕が逃がしたという証拠でも？」

「証拠などない。だが……君なら逃がすだろう。君は何事につけても、詰《つ》めが甘いからな」

彼は数歩進み、路上に落ちていたナイフを拾い上げた。

――万事休す、か。

「ほら、落とし物だ」

浅野はそれを国貴に手渡し、笑みを浮かべた。

「違うよ。詰めが甘いのではなく……僕が偽善者《ぎぜんしゃ》だからだ」

もはや言い逃れもできまいと、国貴はそう呟《つぶや》いた。

どうせ共産主義も民主主義も、この国には馴染まない。遅かれ早かれ、あの青年は捕らえられるだろう。それがわかっていたから、国貴は彼を見逃したのだ。ただ、己《おのれ》の手を汚したくないという消極的な理由だけで。

「偽善者、ね。相変わらず生真面目《きまじめ》なものだな」

からかうような声音に不快感を煽《あお》られたが、それを顔に出すほど子供ではない。

「改めて聞こうか。俺と酒を飲むのと取り調べなら、どちらがいい?」

「取り調べのほうがましだ」

国貴は即答した。

「それなら、酒に決まりだ」

浅野はそう決めつけると、国貴の腕を掴む。

「浅野……!」

「静かにしろよ。旧交を温めようと願う友人の心を踏みにじる気か?」

すぐに居酒屋を見つけ、浅野は「あそこにしよう」と囁く。にぎやかな声が漏《も》れ聞こえ、この格好ではああいった大衆的な店はよくないだろうと反論する前に、浅野は戸を開く。

有無《うむ》を言わされずに国貴がその中に押し込まれた途端《とたん》に、店内を満たしていたざわめきが――消えた。

客は労働者風の男が多く、明らかに場違いな軍服姿の二人に不躾《ぶしつけ》な視線を投げかけてくる。息を詰めるような沈黙は国貴には窮屈《きゅうくつ》だというのに、浅野は悠然《ゆうぜん》としたものだ。

彼は窓際の席に腰掛け、国貴にも座るように促《うなが》した。

「酒を二つ。ぬる燗《かん》で。それから、何かつまみを頼む」

中年の女主人に浅野はそう注文し、国貴に向かって微笑《ほほえ》んだ。

「どうした？　こういう店は慣れないか？」

「残念ながら」

国貴はそれだけを呟き、視線を落とした。

「お待たせしました。どうぞ」

すぐに徳利《とっくり》と猪口《ちょこ》が運ばれてくる。

「今し方、外が騒がしかったけど、何かあったんですか？」

気やすく話しかけてきた女将《おかみ》に、浅野は首を振る。

「ただの喧嘩《けんか》だよ」

「あらやだ。アカの取締りかと思ったわ。こないだも大捕物《おおとりもの》だったんですよ」

彼女の言葉を肯定することもなく、浅野は曖昧《あいまい》に肩を竦める。

現在の劣悪《れつあく》な労働環境を改善しようと労働者自身が立ち上がり、彼らの手による各種の運動は急速な広がりを見せている。社会主義や共産主義の反体制運動が盛り上がる中では、どこに運動員がいてもおかしくはない。この店は労働者層が多いから、下手《へた》なことを言って騒ぎを起こしたくないのだろう。

この平和なご時世では役立たずの税金泥棒と罵《ののし》られる軍人は、労働者からは特に忌み嫌われている。

彼らの冷たい視線の理由もわかるだけに、いたたまれなくもなってくる。この状況で平然としていられる浅野の神経が、国貴には信じられなかった。

「同窓会のあいだ中、お美しい中尉殿の話題で持ちきりだったよ。人に陰口を叩かせたくなければ、苦手だろうと何だろうと、ああいう会合には一応顔を出すことだな」

「……僕は、人に噂されるような真似《まね》をした覚えはない」

浅野に諭《さと》されるいわれはなく、国貴は思わず反論してしまう。

いつしか店内はにぎやかさを取り戻しており、元のような喧噪《けんそう》が溢れ始めていた。

「顔も家柄も、君はあらゆる意味で例外だ。自覚くらいあるだろう？」

「華族が軍人になるのは当然のことだ」

「このご時世に？　それに、ただの華族ならまだしも、君は清澗寺財閥《ざいばつ》の四代目だ」

華族にはいくつもの恩恵が与えられているが、そこには当然義務がつきまとう。たとえ明文化されていなくとも、華族の男子が軍人として帝《みかど》を守ることは、暗黙の奨励とされていた。

とはいえ、あえて軍人になろうとする華族の子弟は希《まれ》だったし、戦争もなく平和なご時世では軍人は出世も望めず、華族でも軍人になる人物は減る一方だった。

「相変わらず、口の減らない男だな。軍人ではなく、弁護士にでもなれば良かったのに」

「俺には軍人が似合わないと？」

「僕に言えた義理じゃないが……少なくとも、君が憲兵を志《こころざ》すとは思わなかった。君ほど優秀なら、ほかにやりようがあるだろう」

どうせ浅野は怒らないだろうからと、国貴はいつになく率直な意見を口にした。同じ軍人からでさえ、蛇蝎《だかつ》のように嫌われている憲兵をあえて選んだ浅野の気持ちなど、わかるわけがない。

「何だ、そんなことか。簡単だよ」

浅野は軽く上体を屈《かが》め、向かい合った国貴の耳許に顔を近づける。

「――――君を手に入れるためだ」

ささやかな声で、彼がそう囁いてきた。

ぞっとするほどの至近で、吐息《といき》が触れる。

「僕、を……？」

「それが俺の本意だとしたら、どうする？」

国貴は不快を示して男を睨《にら》み据《す》える。

「手に入れるも何も、僕は品物じゃない」

「ならば、いっそのこと商品になればいい。君にはそれだけの価値がある」

「人を商品扱いする気か？」

「窮状《きゅうじょう》にある清澗寺財閥を救うため、新興成金《しんこうなりきん》の浅野家に身を売るというのはどうだ？　新聞小説並のロマンスだろう？」

「馬鹿馬鹿しい」

もはや名前だけの清澗寺家とは違い、先の大戦で巨万の富を築いた新興成金の浅野家のほうが、数段羽振《はぶ》りがいい。そのことを揶揄《やゆ》されるのは、国貴としても気持ちのいいものではなかった。

「ほら、見ろよ」

左を見るようにとその手に促されて視線を投げると、硝子《ガラス》窓には自分たちが映っている。

不鮮明なその画像でもわかるほどに、国貴の面立《おもだ》ちは端整だった。

「これが、どうした」

「君は、俺のような成り上がりが手に入れたくなるほどの美人というわけだ」

国貴の顎のラインは華奢《きゃしゃ》で、一重の切れ長の瞳は凛《りん》とした光を放ち、薄い唇《くちびる》は軽く結ばれている。恵まれた容貌と人は言うかもしれないが、帝国軍人である以上はもっと無骨《ぶこつ》で逞《たくま》しくありたかった。二十六にもなれば、己がそのような男らしさとは無縁であることくらい、嫌というほどわかる。

この顔ゆえに、国貴は同性に言い寄られるという屈辱的《くつじょくてき》な仕打ちを受けてきたのだ。

顔や家柄のせいで他人に揶揄《やゆ》されるのもつけ込まれるのも良しとせず、国貴は勉学へとのめり込み、結果的にエリートへの道をひた走ることになった。

内心でほぞを噛《か》む国貴の気持ちを知っているであろうに、浅野はいつもこうして容貌を理由に国貴の感情を逆撫《さかな》でしてかかるのだ。

すぐさま窓から顔を背《そむ》けるのも負けを認めるようで悔しく、国貴は憮然《ぶぜん》として硝子を睨みつけた。

そのときだ。

急ぎ足で通りを歩く青年の横顔が唐突に視界に飛び込んできて、一瞬、国貴は腰を浮かせる。

精悍《せいかん》な描線《びょうせん》の横顔。意志の強そうな瞳。その男らしい風貌。

十六年という時を隔てていたが、この目に間違いはない。彼を、国貴が間違えるはずがなかった。

あれは遼一郎だ。


「清澗寺?」

浅野の訝《いぶか》しげな声音が、国貴の鼓膜《こまく》を打った。

「どうした? 外に誰かいるのか?」

「……いや、べつに」

もう一度座り直し、後ろ髪を引かれつつも国貴は店内に視線を戻した。

外に飛び出し、彼を追いかけたいという強い衝動を感じ、その事実に国貴はたじろいだ。

駄目だ。我慢しなくては。

遼一郎の存在は、国貴にとっての唯一の弱点ともいえる。それをこの男に知られたら、どんな禍《わざわい》が降りかかることか。

「空《から》だな」

徳利を手にし、国貴はあえて話題を変えた。

「ああ、同じものを頼もう」

遼一郎と過ごした日々の記憶は、今なお国貴を呪縛《じゅばく》する。その記憶は何よりも愛《いと》しく、そしてそれ以上に憎まずにはいられない、彼と過ごした日々の軌《き》跡《せき》だった。

自分が持つ最も甘く愛しい記憶と、最も忌《い》まわしい記憶のために、国貴は軍人として生きることを選んだのだ。

今日の国貴となるべき道を。

自分一人が彼との優しい記憶に縛《しば》られたまま。

ずきりと、後頭部にある傷跡が痛む。

幼い頃に負ったあの傷は未だ消えることがなく、短髪にすれば丸見えになってしまう。

それでも以前は五分刈りにしていたのだが、幼年学校の訓練を視察《しさつ》にきた宮様が「斯様《かよう》な傷があるのは勇ましいが、随分と痛々しいものよ」と感想を漏らした。それがきっかけで以後、国貴はその傷を隠すことにしたが、文句を言うものは誰もいなかった。

国貴はそっと手を伸ばし、その傷に触れる。

古傷が、熱を持って疼《うず》くような気がした。


清澗寺家の屋敷は東京市麻布区《とうきょうしあざぶく》にある。鬱蒼《うっそう》と木々の茂る広大な土地に洋館を構え、敷地内にある離れは和風建築となっている。館《やかた》の偉容《いよう》は近隣に聞こえているものの、一族の内実は火の車で、国貴一人がその財政に気を揉《も》むという有様だ。

京都の公家《くげ》だった清澗寺一族は、華族令により明治十七年に、当主が伯爵に叙爵《じょしゃく》された。

それと前後して曾祖父《そうそふ》は東京に住居を移して商売を始め、生活習慣も思い切って洋風に改めた。

とかく商売下手と言われる華族にしては珍しく、先代、先々代は商才に長《た》けていたのだろう。

天皇より各華族に下賜《かし》された家門永続資金《かもんえいぞくしきん》を元手に曾祖父が始めた貿易業は時流に乗ってとんとん拍子で事業を拡大し、いつしか重工業や造船、紡績業《ぼうせきぎょう》にまで手を広げていた。多くの華族が没落する中、ここまで成功した例は珍しいと言われている。

しかし、良かったのはそこまでだ。何しろ華族の爵位をいただいてからの三代目——国貴たちの父の冬貴《ふゆき》が事業には無関心で、おまけに家を任せたはずの弟の和貴《かずたか》は、まるでその気力がない。

先の大戦が終結して戦争特需《とくじゅ》がなくなると、景気はまるで風船が弾けるように萎《しぼ》み、日本中を不況の嵐が吹き荒れた。そうでなくとも傘下《さんか》の企業の業績が落ちる中、比例するように増えてきた労働争議が会社幹部の頭を悩ませている。

この屋敷を保てるのも、いったいいつまでか。敷地の一部を切り売りできないかという打診もあり、ほかでもない浅野も、そうやって名乗りを上げた一人であった。

「お帰りなさいませ、国貴様」

木製の扉を大きく開けて国貴を迎えたのは、幼い頃からこの家に仕《つか》えている老執事《しつじ》の内藤《ないとう》だった。いかにも慇懃《いんぎん》な声音と仕草は、何十年も変わることがない。少なくとも、国貴が物心がついたときから彼はこうだった。

「ただいま」

「ご商談はいかがでしたか?」

「芳《かんば》しくはない」

家の者を心配させることもできず、内藤に向かって笑みを浮かべると、彼は穏《おだ》やかに口を開いた。

「お疲れでございましょう。あとでお部屋に、熱い珈琲《コーヒー》でもお持ちしましょうか?」

「大丈夫だよ。おまえも待ちくたびれただろうから、早く休むといい。——父上は?」

「旦那様はもうお休みになっておられます。本日はお客様がお見えで、お疲れになったのでしょう」

「客?」

「分家《ぶんけ》の文男《ふみお》様が、ご融資《ゆうし》をしていただきたいと」

「融資、か」

国貴は苦々しい顔つきでその言葉を口にした。

融資という名の金の無心を受け入れてやれる余裕は、それこそ一銭も残されていない。今日だって国貴は、金策のために父の友人のつてを頼ってきたところなのだ。

商売や金儲けの何たるかを知らぬ華族の一員に相《ふ》応《さわ》しく、親戚たちも資産を磨《す》り減らし、困窮《こんきゅう》しているのが現状だった。

だが、本家としては分家を見捨てるわけにもいかない。国貴がどこかで資金繰りの算段をしなくてはなるまい。

「国貴様がご不在でしたので、お帰りになりました」

当主たる父の冬貴では役に立たぬとでも言いたげな声音に、国貴は内心で苦笑する。あれでも父は一応、貴族院議員なのだ。頭数にすぎぬが。

「そうか。和貴たちは？」

「和貴様は……まだお戻りではございません。今夜も遅くなられるかと」

「だったら、おまえももう休みなさい。和貴だって鍵くらい持っている。家に入れないほど子供でもないだろう」

「ですが」

すぐ下の弟の放蕩《ほうとう》ぶりでは、いつ帰ってくるとも知れない。朝から晩まで働く内藤を待たせておくのも、酷《こく》というものだ。

そう言おうとしたとき、重厚な木製の扉が開いた。

「和貴……」

「——おや、これは兄上。わざわざお出迎えですか」

清澗寺和貴が現れるだけで、夜の闇がよりいっそう艶《つや》を帯びる。匂い立つような美貌を持ち合わせた弟は、立ち尽くす国貴を見て微笑んだ。

鋭角を描く顎。長い睫毛《まつげ》に覆われた瞳は濃茶で、紅い唇とともにどこか蠱惑的《こわくてき》だ。天賦《てんぷ》の才を持つ画家が、優雅と頽廃《たいはい》を画材にして描いたような青年は、誰よりもよく父親に似ていた。

「遅いぞ、和貴。何時だと思っている。夜遊びもほどほどにしたらどうだ」

「夜遊びとは聞こえが悪い。二ノ宮《にのみや》家でパーティに呼ばれたのですよ」

和貴は洒落《しゃれ》たコートを纏っており、いかにも高級そうな服地が電灯に照らされて光沢《こうたく》を放っている。

鹿鳴館《ろくめいかん》の時代は明治に終わってしまったが、一部の華族や政財界ではそのような社交の文化がまだ残っていた。

そして和貴は、大学を卒業したというのに定職にも就《つ》かず、社交界で常に華やかで腐敗した噂を振りまいているのだ。それが社会の底辺で藻掻《もが》く労働者の怒りをなおさら煽《あお》ることを、知っているくせに。

「部屋住みの分際で夜遊び三昧《ざんまい》か？　情けない」

「社交が苦手な兄上のために、僕が代役を務めているだけです。それに……次代伯爵としての務めは兄上が立派に果たしてくださってますから」

どこか気怠《けだる》げな口ぶりに込められた揶揄に、国貴が気づかぬとでも思っているのだろうか。それでも国貴は、使用人の前で喧嘩をするわけにもいかぬとぐっと堪《こら》えた。

「だが——すぐ上のおまえがこの体《てい》たらくでは、道貴《みちたか》や鞠子《まりこ》にも示しがつかないだろう。少しは控えたらどうだ」

「控える？　何を？」

直截《ちょくさい》に問い返され、国貴は言葉に詰まった。

男遊びも女遊びもやめてしまえ、と口に出すことはできない。それを言えば、和貴の行状を黙認したことになる。

「冗談ですよ」

無言になった国貴を見て、和貴は喉《のど》を鳴らして笑った。

「何も僕のような愚物《ぐぶつ》を手本にせずとも、兄上という立派なお手本がある。いくら道貴でも、手本を見誤るほど馬鹿ではないはずだ」

「和貴！」

「おやすみなさい、国貴兄さん」

忠告を鼻先で笑い飛ばし、和貴は国貴の傍《かたわ》らを擦り抜けて、自室へと向かった。

すれ違うその身から、女物の香水の匂いがする。たかがパーティでワルツを踊るくらいで、このように他人の匂いをぷんぷんとさせて帰宅することになるものか。それでも今日の相手は女だったのかと、どこかで安堵《あんど》している自身に気づき、国貴はいつしか和貴の放蕩《ほうとう》を受け容《い》れていることにぞっとした。

男も女も咥《くわ》え込む——そんな噂が社交界に広まるほどに、和貴の乱行は有名なものだった。

和貴とて、利発で聡明な少年だったはずだ。帝大《ていだい》こそ無理だったが、慶應義塾《けいおうぎじゅく》を卒業した和貴の成績は優秀なものだった。なのに、いったい何が気に入らぬのか、和貴は遊蕩三昧《ゆうとうざんまい》で、そうでなくとも目減りしている清澗寺家の資産を日々食いつぶしている。

いや、気に入らぬ理由など明白ではないか。

唯々諾々《いいだくだく》と、この数百年と続く血脈を守ろうとする国貴とは違う。和貴は、この家のすべてを憎んでいるのだ。時代の変遷《へんせん》とともに廃《すた》れゆく旧家を守ろうと汲々《きゅうきゅう》とする兄を、さぞや愚かしいと思っているのだろう。

だが、国貴にはこうするほかなかったのだ。

幼かったあの日々、大事な友人を失った国貴には、もう何も残されていなかった。家を守るという大義名分と、自分を置き去りにした友人への憎しみ以外は残らなかったのだから。

——遼一郎……。

彼が今でもそばにいてくれれば、国貴はこんな風に鬱々《うつうつ》としなくてもよかっただろう。もっと違う人生を歩んでいたに違いない。

国貴がすべてを負うには、この家の名はあまりに重すぎた。

　母は十四年前に亡くなり、国貴が父となり兄となり、三人の弟妹の面倒を見てきたのだ。それも今や不協和音に軋《きし》み、国貴は孤立する一方だった。父も弟も妹も、誰もがこの家には愛着もないのだ。

　もっとも家に対する愛がないのは国貴も一緒だ。義務感と執着のみが国貴を縛りつける。

　連綿《れんめん》と続いたこの家を、国貴の代で潰《つぶ》すわけにはゆかぬ。家のために失ったものを思えばこそ、なおさら簡単に捨てることなどできない。

　国貴はふっと息を吐いて、机の上に載せてあった雑誌をめくる。せめてもの楽しみを活字の世界に見出し、まだ見ぬ世界に思いを馳《は》せれば心が軽くなるのだ。

「……綺麗だ……」

　国策や軍務に翻弄《ほんろう》される仕事に疲れ果てたとしても、こうして書物を読めば気が紛《まぎ》れた。

　パリ。ローマ。ロンドン。それから、ニューヨーク。

　見知らぬ文化と、美しい絵画、日本とは違う町並。きっとどの国も、この日本にはない自由で溢れていることだろう。

　不意に、先ほど硝子越しに見たあの青年の残像が、脳裏《のうり》をよぎった。

　懐かしい遼一郎の面影《おもかげ》に、国貴の心は揺らぐ。

　――会いたい……。

　見捨てられたのに、ただ憎いだけなのに。

　それなのにまだ会いたいと思っている。幼い日の甘い思い出をすべて与えてくれた遼一郎のことを、忘れることなどできない。

　痛みも苦しみも安らぎも包み込み、夜の闇はただ穏やかに降り積もる。

2

久しぶりに惰眠《だみん》を貪《むさぼ》った国貴が目を覚ましたのは、午前十時近かった。

日曜日ともなれば、のんびりと過ごすことができる。軍隊の生活はそうでなくとも窮屈《きゅうくつ》で、息が詰まりそうだ。たまには休息が欲しかった。

「いい天気だな……」

洗顔も着替えをすませてから、国貴は改めて欠伸《あくび》をする。蓄音機《ちくおんき》から流れるのは軽快なワルツで、そのテンポすらも眠気を催《もよお》した。

そこで扉が軽くノックされ、国貴は「どうぞ」と返事をした。

「国貴様。新聞と珈琲《コーヒー》をお持ちしました」

「それくらい、サヨにやらせればいいだろう」

「ついでと申し上げては失礼ですが、請求書の類《たぐい》が届いておりましたので」

なるほど、と国貴は頷《うなず》く。

「顔色がお悪うございます。お疲れでございましょう？　国貴様にはやはり、軍隊は向いておられないのでは」

「向いていないと思えば、もっと早く諦《あきら》めているよ」

「差し出がましいことを申し上げて、失礼いたしました」

表情を変えることなく内藤が頭を下げたので、国貴は軽く首を振る。

「気にすることはない。……それより、明日はおまえの金婚式だろう？　これを」

穏やかな笑顔と共に国貴が差し出したのは、金子《きんす》の入った封筒だった。

「そんな……勿体《もったい》のうございます」

内藤は驚いたようにこちらを見つめるが、国貴は首を振ってそれを執事に押しつけた。

「些少《さしょう》で悪いが、旨《うま》いものでも食べてくれ」

「ですが……」

「受け取ってくれないのかい？」

「——ありがとうございます。国貴様も立派になられて……こんなお優しい方にお仕えできて、嬉しゅうございます」

優しくなどない。立派でもない。

国貴が執事に感謝しているのは、本当のことだ。内藤がいなければ、この家はとっくに駄目になってしまっていただろう。

執事の背を見ながら、国貴は新聞を取り上げた。

ゴシップが中心の新聞は面白くもないが、この日に限って目に飛び込んできたのは、『社会主義者の検挙増加す』という見出しだった。

先の世界大戦がもたらした好景気で労働者は増大したが、インフレーションによる物価の高騰《こうとう》によって、必ずしも労働者の生活は楽にならなかった。

おまけに大戦が終わると景気は目に見えて後退し、それにつれて労働者の待遇も悪化した。いつしか労働運動は階級闘争の意味合いを帯びただけではなく、五年前にロシア革命が成功し、社会主義運動も再び活発になりつつあった。

おかげで官憲は警戒を強め、要注意人物に対する締めつけを厳しくした。憲兵隊や特別高等警察も、労働運動や社会主義運動などの反体制運動を根絶《ねだ》やしにしてやろうと機会を狙っている。

デモクラシーと浪漫《ろまん》の時代は終わり、今や不穏《ふおん》な空気が世間を満たしている。国貴もまた、その気配を濃厚に感じ取っていた。

出かける支度をした国貴は、執事に外出の旨《むね》を伝えると、徒歩で家を出た。

「お出かけでしたら、車を出しましょうか」

門の近くで車の窓を磨《みが》いていた住み込みの運転手である成田《なりた》に嗄《しわが》れた声で問われ、国貴は首を振った。

「近くだから、市電で大丈夫だ」

かつては祖父の御者《ぎょしゃ》だった成田を見るたびに、国貴は遼一郎のことを思い出してしまう。

今やあまりにも遠い、甘い思い出をもたらす男のことを。

「左様《さよう》でございますか。お気をつけて行ってらっしゃいませ」

シャツにズボン、その上にコートを羽織るという簡単な出で立ちで、国貴は市内電車の駅へと向かう。軍服で出かけないでいいのだと思えば、心底ほっとした。

本日の昼間興行《マチネー》は十三時からで、今から浅草《あさくさ》に行っても十二分に間に合う。

最近は小劇場が盛んで、新しい劇団も次々と生まれている。

国貴もある劇団の会員になっており、初日と楽日《らくび》は必ず観ることは家中の者が知っていた。余裕があれば中日も観たかったが、そう長丁場《ながちょうば》の芝居は滅多《めった》にないし、多忙ゆえに叶わなかった。

書物や演劇の世界に触れるときだけ、国貴は張り詰めた神経を休めることができる。

そこでの国貴は自由だった。

家柄も仕事も血筋もすべてを忘れて、ただその世界を楽しむことができる。

国貴には軍人が似合わないという執事の言葉は、ある意味では真理だろう。

国貴は華族の子弟が多く通う学習院に通ったあとに陸軍幼年学校に進み、陸軍士官学校を経て二十一歳で少尉《しょうい》になった。

この春、陸軍大学校を卒業して参謀本部に進み、現在は中尉として職務に当たっている。

士官候補生を養成する陸軍士官学校はともかく、

陸軍大学校は真に優秀な人間しか受験資格が得られない狭き門である。ここを首席で卒業した国貴は、将来有望なエリートとして扱われていた。

とはいえ、この不況のさなかでは、軍人に対する国民の視線は厳しい。無用の長物《ちょうぶつ》であるくせに巨額の予算を費やして軍備を拡張しようとする軍部への不満は鬱積《うっせき》し、士官でさえも税金泥棒と市民に罵られ、喧嘩を売られるという事件も起きていた。

国貴が陸軍幼年学校に入学すると決めたときも、同じ学習院の友人たちから気でも狂ったのかと反対されたほどだ。そうでなくとも国貴は長男で、軍人などという将来性がまったくない職業に就くことは、一族の先行きにも影を落としかねない選択だった。

しかし、国貴は立派に帝国軍人としての役目を果たし、家名を守るという義務があるのだ。

売店で箱入りのミルクキャラメルを買い、国貴はそれをポケットに押し込む。帝国劇場で販売するために発案された箱入りのキャラメルは、今や観劇の定番と言ってもいい。それまでもキャラメルはあったのだが、ばら売りされていたのだという。

座席は自由席で、中央より少し後ろの列に陣取った。開演まではまだ時間があるし、何か読むものでも持ってくるべきだったろうか。

退屈に欠伸《あくび》をしかけたとき、隣に人の気配を感じた。

何気なく顔を上げると、一人の青年が傍《かたわ》らに座ろうとするところだった。

祈るように峻厳《しゅんげん》なその横顔は、静謐《せいひつ》と緊張を湛《たた》えている。

まるで、敬虔《けいけん》な殉　教者《じゅんきょうしゃ》のように。

心臓がどきりと脈打ったのは、声をかけることも躊躇《ためら》うほどの彼のその真摯《しんし》な表情のせいなのか、それとも、見覚えのある精悍《せいかん》な横顔のせいなのか。

どちらなのかはわからぬままに、国貴の唇は動いた。

「遼一郎……」

自制するより先に、言葉が出てきてしまう。

彼はあの日、浅野と不味《まず》い酒を飲んでいるときに見かけた男だ。

こちらを振り返った青年は国貴を認めて、はっとした表情になった。

「――国貴様……」

低い声音が鼓膜をくすぐる。

やはり……そうなのか。

見間違えでも誤解でもなかったのか。

邸宅の敷地内でさえ顔を合わせる機会のない相手と、こんなところで出くわすとは。

あまりの偶然に驚き、それ以上の言葉もない国貴に、成田遼一郎はそれまでの緊張を打ち消し、打って変わって人懐っこい笑みを見せた。

「お久しぶりです」


彼はいつも、夏の匂いがする少年だった。

因習《いんしゅう》に満ちた家に押し潰されそうになる国貴の手を引き、明るいところへ連れていこうとしてくれた。

夢の中、何度その名を呼んだことだろう。

身分が違うがゆえに会うことさえも禁じられていた日々が、どれほど息苦しいものだったか。

いっそのこと、国貴を攫《さら》ってほしいとさえ思っていた。自分を連れて、どこか遠くの知らない土地へ共に逃げてほしいと。

子供じみた願いだ。

「まさか、こんなところで国貴様にお目にかかるとは思いませんでした」

「僕もだ」

胸の奥に隠してきたはずの甘い感情が蘇《よみがえ》りそうになるのを、国貴はすんでのところで堪《こら》え、硬い声で告げた。

こうして真っ直ぐに自分を見つめるところも、爽やかな笑顔も、以前とまったく変わらない。

一息に、何年も、いや正確には十五年近い月日を飛び越えたような気がした。

遼一郎は清澗寺家の運転手である成田の一人息子で、国貴よりも二つ年上だ。

あの事件以来、彼の名前は禁忌《きんき》だった。

呼びたくても呼ぶことすらできず、話題にすることも許されなかった。

その相手が今、目前にいるのだ。

「――ここには、よく来るのか?」

「ええ」

「一人でなんて、よほど好きなんだな」

国貴のその言葉にはにかんだように彼は答えず、ただ微笑むだけだ。

「最近はどうしてるんだ?　仕事は?」

まるで訊問《じんもん》じみた言葉に、己の常ならぬ動揺が滲《にじ》んでいるようだ。それが恥ずかしいのだが、遼一郎は彼らしい大らかさで口を開いた。

「今は神田《かんだ》の書店に勤めています。五年前に伯父《おじ》の家を出てからは、下宿もあちらに」

尋常《じんじょう》小学校までしか行かせてもらえなかったが、幼い時分から勉強熱心だった遼一郎が書店勤めをするのも、なるほどという気がした。

「僕もずっと寮暮らしだったから……道理で顔を合わせないわけか。家には戻ってないのか?」

「たまに里帰りはしていますが、戻ってはいません」

あれからずっと、親戚の家に預けられていたとは思わなかった。それどころか、避けられているか、忘れられているかのどちらかだと思い込んでいた。それを確かめるのが怖くて、国貴は自分から遼一郎に会いに行くことができずにいたのだ。

「国貴様こそ、陸軍大学校を首席で卒業なさって、今はもう中尉になられたとか」

「詳しいな」

自分は現在の遼一郎のことなど、ほとんど何も知らないというのに。

驚いた顔つきの国貴がおかしかったのか、遼一郎は小さく笑った。

「——父に……よく近況を聞いておりましたから」

淀《よど》みなく敬語を使って話をされると、端々《はしばし》で、今の自分と彼は境遇も身分も、あまりにも違うのだと意識させられてしまう。

何よりも、あの幼かった遼一郎がその差をわきまえるほどに大人になっていたのかと、複雑な感情にすら駆られた。

笑おうと思ったが、頬の筋肉が強張《こわば》ってしまって上手く動かない。

「軍隊なんて、随分意外でしたが」

「そうかな。僕はもう、慣れたよ」

いささか投げやりな口調で国貴は呟いた。

確かに、幼い頃の国貴は軍人にはほど遠い、ひ弱な子供だった。虫を殺すことも恐れ、家の仕組みと因習に反発し、軍人になるつもりなどまったくなかった。

けれども、そんな自分が軍人になった理由の一つは、遼一郎にあった。

無論、すべてを遼一郎のせいにするつもりはない。でも、国貴は待ちくたびれてしまったのだ。

遼一郎を待って待って、待ち続けることに。

だから陸軍幼年学校に進むことを選んだのだ。全寮制の幼年学校であれば、遼一郎に会えなくても落胆する必要などなかった。彼が会いに来てくれない理由を、想像せずに済んだからだ。

国貴が十五年以上も溜めてきた鬱屈《うっくつ》を、この男に理解できるだろうか？

国貴は遼一郎を前にしても、笑うことさえできない。なのに彼は優しく、爽やかに笑うのだ。何の屈託も持ち合わせていないような瞳で。

変わらないことに驚きすら覚えてしまう。遼一郎は、国貴の記憶にあるままの面影を残した、優しくて穏やかな青年だった。

「すみません、懐かしくて……つい、ご迷惑も顧《かえり》みずに」

「いや」

話が弾まないことに恐縮したのか、遼一郎はそこで口を噤《つぐ》む。いたたまれなくなって、国貴は俯《うつむ》いた。

手を伸ばして髪に触れれば、あの日の傷がまだそこには残っている。

治ることも消えることもない傷のように、遼一郎の存在は自分の心に鮮やかな軌跡を残したままだ。

「遼一郎！　遼一郎、どこだ？」

学校から帰ったばかりの国貴が、息を切らせながら納屋《なや》のあたりで声をかけると、ひょっこりと短髪の少年が顔を覗かせる。粗末な着物に草履《ぞうり》履《ば》きで、彼は国貴の姿を認めて白い歯を見せて笑った。

「国貴様。制服は着替えておかないと汚しちゃうって、いつも言ってるのに」

父が清澗寺家の使用人であるため、遼一郎たちはこの家の敷地内に住んでいる。

幼い頃から一緒にいただけに、彼が国貴に敬語でしゃべることは珍しい。国貴は自分に「様」をつけて呼ばれるのも嫌だったが、遼一郎はその呼び名については絶対に譲らなかった。

遼一郎という、使用人の子にしてはいささか仰々《ぎょうぎょう》しい名前は、祖父が成田に乞《こ》われて命名したのだと聞かされている。

「遼と遊びたくて、急いで帰ってきたんだ」

国貴が通うのは学習院の初等学科だったが、友達はそう多くはない。遼一郎が数少ない友達の一人だった。

「でも、服を汚すとサヨさんがうるさいって言ってたろう」

家に戻ってすぐに遼一郎と遊んでいるのが知られれば、ばあやに怒られる。学校への送迎をする成田は遼一郎の父親だったが、自分の息子が国貴と親しくしていることを身分不相応《みぶんふそうおう》だと思っているようで、それは周囲の大人たちと変わらなかった。

身分とは、何だろうか。ただ生まれてきた家が違うというだけで、どうしてこうも理不尽な格差があるのだろう。

本を読むのが好きな遼一郎は、国貴よりも漢字を覚えるのが早いし、暗算も得意だ。わからない宿題は、彼が教えてくれることだってある。なのに、尋常小学校へ行ったきりでそれ以上の進学は諦めるのだという。

本当に勉強が好きなのだから、もっと上の学校に入れてあげればいいのに。

国貴が悔しげにそう言うと、彼は笑って「だったら国貴様が、俺の分まで頑張ってくれる？」と頼むのだ。

本当は勉強なんてどうだっていいと思っている自分が、学校で一番であろうとするのは、いつだって遼一郎のためだ。

遼一郎の分も頑張りたいと思うから、国貴も一生懸命になった。

「それと、面白そうな本があったから、借りてきた。読むだろう？」

「——いつも、ありがとうございます」

学校の図書室から本を借りてきたと言うと、彼は一瞬押し黙ってから礼を告げた。

読書好きな彼のために、国貴はこうして本を借りてくることにしていた。

「ねえ、遼、今日は何して遊ぶ？」

「ごめん……今日はまだ、仕事が終わってないんだ。

あの薪《まき》を母屋《おもや》に運ばないと」

遼一郎は小学校から帰ってから、あれこれと手伝いをする。そのため、時間はいくらあっても足りないくらいなのだった。

「なーんだ……つまらないの」

国貴はぷうっと唇を尖《とが》らせて、遼一郎を上目遣いに見上げる。

「それなら、学校の友達と遊べばいいのに」

「遼の意地悪。そんなの、面白くないよ」

華族が作り出した小さな社会に、国貴はどうしても馴染むことができなかった。

父の冬貴がもう少し社交に熱心ならば良かったのだが、彼にそれを望むのは無謀《むぼう》に等しい。

他の華族とのつき合いはろくになく、かといって、学校の三分の一を占める平民たちと親しくすることもできない。国貴にしてみれば、学校はちっとも楽しくなかった。

だからこそ、よけいに遼一郎と一緒にいられるのが嬉しかった。

「遼一郎といるのが、楽しいよ」

国貴はきらきらとした瞳を遼一郎に向けて、笑顔を作る。

「学校なんてやめて、ずっと遼一郎のそばにいたい」

幼いからこそ言える真摯で無邪気な言葉に、遼一郎は視線を落とした。

「冗談でも、そんなことは言っちゃ駄目です。行きたくても行けない者もいるのに」

「ごめん……」

しゅんと肩を落とした国貴を見て、遼一郎は無言で首を振った。

子供とはいえ、互いに厳然たる身分差があることを知っている。それは永遠に乗り越えられないものなのだろうか。

「――いえ、いいんです。それより、これを」

壁が、できた。

遼一郎の敬語はそれを意味している。

数歩進んだ遼一郎は足下に置いてあった袋の中から、国貴に竹とんぼを差し出した。仕事の合間に、小刀《こがたな》で作ったものだという。

「それと、庭の奥には、行かないと約束してくれますか？」

「なんで？」

こうして大人びた敬語を使われることは、あまり好きではない。国貴の望みに合わせてなるべく砕《くだ》けた言葉で話しかけてくれているが、彼の意識の中では、国貴は常に「主家《しゅか》の御曹司《おんぞうし》」なのだ。それを思い知らされてしまう。

「このあいだの雷で折れた木が、向こうでそのままになってるんです。俺も昨日、あそこで服を引っかけて、親父《おやじ》にすごく怒られて。転んだりしたら危ないから」

「うん、わかった」

確かに遼一郎の着物には、見たことのない箇所《かしょ》に継《つ》ぎが当てられていた。

遼一郎を見送ってから、国貴は竹とんぼを飛ばした。それは子供の目から見てもいい出来で、風に乗って遠くに飛んでいく。

あとで、弟の和貴にも貸してあげよう。

何度も何度も竹とんぼを飛ばし、そろそろ飽きてきたという頃。

「わっ」

ふわりと風に乗り、竹とんぼは地面から数間《すうけん》ほどの高さの木の枝に引っかかった。

しかも、遼一郎に行くなと言われた切り株のすぐそばだ。

「あーあ……」

どうしよう。そうでなくとも、庭木に登ることは執事や庭師から固く禁じられている。

しかし、せっかく作ってくれた竹とんぼをなくしてしまったら、きっと遼一郎は悲しむだろう。

「よし」

国貴は何も考えずに枝に足をかけ、その木に登りだした。

途中、枯れ枝で制服のシャツを引っかけてしまったが、頓着《とんちゃく》しているわけにはいかない。今はあの竹とんぼが、何よりも大切だった。

「く……」

あと少し。もう、ほんの少しで届く。

足をかける枝がなくなったため、国貴は必死で華奢《きゃしゃ》な腕を伸ばした。

「国貴様っ！」

こちらに戻ってきた遼一郎が、国貴の姿を認め、悲愴な声を上げて駆け寄る。

「いけません！　降りて！」

「大丈夫」

遼一郎のほうを振り返り、国貴が笑みを作ったそのときだ。

ぱきっという軽い音がして、一瞬、躰が宙に浮いた。

「あっ」

具合が悪いことに、国貴が登ったのは、枯れかけた古木《こぼく》だった。軽いとはいえ、子供の体重を支えることなどできようはずもない。

「……危いっ!!」

遼一郎の手が伸びる。

だが、国貴の躰は少年の腕に余る荷重がかかり、鈍い衝撃とともに、国貴は遼一郎ごと地面に叩きつけられた。

「……国貴様！　国貴さまっ」

悲鳴のような叫び声に、気を失いかけた国貴はうっすらと目を開ける。

「誰か！　国貴様がっ!!」

「りょ、う……」

視界が赤いのは、血のせいだろうか。

――誰の？

「国貴様……！」

自分を覗き込んでいた遼一郎はほっとしたように口許を歪《ゆが》め、国貴を抱きかかえた。彼は自分の着ていた着物の裾《すそ》をびりびりと破くと、それを国貴の頭に巻きつける。

血が出ているのは、ぬるりとした感触でわかった。

「今、お屋敷に運ぶから」

「遼……痛い……」

掠《かす》れた声しか出ない。どこを打ったのか、躰に力が入らなかった。

「すみません、国貴様。申し訳ありません」

どうして遼一郎が謝《あやま》るんだろう。

怪我をしたのは、国貴が悪いのに。

手を伸ばすと、遼一郎が国貴の手をぎゅっと握り締める。彼の手には血がこびりついてぬるぬるしていたが、とても暖かかった。

「もう二度と離れません。ずっと遼一郎がおそばにおります、国貴様」

後頭部はずきずきと痛んだが、遼一郎は国貴のそばを離れないと約束してくれたのだ。

「一生おそばを離れません。この先、命を懸けてお守りします」

そこから先のことは、もうよく覚えていない。

国貴の怪我が思いのほか酷いものになってしまったのは、くだんの切り株のせいだった。

両親が国貴を咎《とが》めることはなかったが、「使用人が大事な若君《わかぎみ》に傷をつけた」と、執事や乳母《うば》の怒りはとどまらず、遼一郎に会うことを禁じられた。

もともと御曹司が平民と馴れ合うことをよしとしなかった執事たちは、成田に命じて遼一郎を親戚の家に預けさせてしまったのだ。

一方で国貴には、今後遼一郎に会えば、父の成田までくびにすると通告した。

家族思いの遼一郎に、迷惑をかけることはできない。

だけど、自分から動くことはできなくとも、遼一郎はきっと会いに来てくれるはずだ。親戚の家に預けられたくらいであれば、そこを抜け出すことは容《た》易《やす》いだろう。

だって自分たちは、もう二度と離れないと約束したのだ。

いつかきっと、遼一郎は来てくれる。約束を果たしてくれるはずだ。

今日が駄目でも、明日。

明日が駄目でも明後日には。

それだけをよすがに、国貴は待ち続けた。

待って待って、気が狂いそうになるほどの長い時間を。


そして待ち続けた挙げ句、誰も――来なかったのだ。

もう二度と、あの明るい笑顔が国貴に向けられることはなかった。

怪我が治った幼い国貴に残されたのは、この傷だけでなく、心に刻まれた裏切りの痛みだった。

遼一郎に見捨てられたのだ。

それは十やそこらの子供が突きつけられるには、あまりにもむごい現実であり、国貴はその事実から目を逸《そ》らすことを選ばざるを得なかった。

そして、今日。

幼さゆえに諦めざるを得なかった相手が、国貴が待ち焦《こ》がれていた遼一郎が、今、傍らにいる。十数年という時間を飛び越えて、彼がここにいるのだ。

衝撃のせいなのか、あれほど楽しみにしていた劇の中身は、ほとんど頭に入っては来なかった。

舞台が終わってもぼんやりと椅子に座ったままの

国貴に、遼一郎が遠慮がちに声をかけてくる。

「――国貴様。お屋敷まで、お送りいたしましょうか？」

あれほど再会を夢見た遼一郎は、確か今年で二十八か九になるはずだ。随分男前に成長していた。これではさぞや女性に騒がれるだろうな、と詮無《せんな》きことも考えてしまう。

「いや……いい」

立ち上がった国貴は、静かに首を振った。

「おまえは、清澗寺家の使用人じゃないだろう。そんなことはさせられない」

何かを言いたげに彼はこちらを見やったが、国貴にはそれ以上の言葉はなかった。

もう一度口を開けば、子供じみた詰問《きつもん》が飛び出してきそうだ。自分が何年もこだわり続けた相手であるだけに、幼い頃の行き違いを責めてしまいそうで怖かった。


「じゃあ」

「国貴様」

「あっ」

遼一郎から距離を置くために、わざと大股で歩いていた国貴の靴が、ちょうど扉の敷居《しきい》に引っかかってしまう。

一瞬、反応が遅れたものの、遼一郎は国貴の躰を抱き留める。

なす術もなく遼一郎の広い胸に倒れ込んだ国貴は、赤面する羽目になった。

国貴がおずおずとその顔を上げると、間近で遼一郎が微笑を作る。

「お怪我はありませんか、国貴様」

「……遼」

反射的に口をついて出てきたのは、あまりにも懐かしい呼び名だった。

自分はずっと、こうして彼の名を呼びたかったのだ。

「遼……」

彼のシャツにきつく爪を立てる。

遼一郎の匂いだ。微《かす》かな汗の匂いが、彼は既に雄《おす》として一人前なのだと物語る。

心臓が一際《ひときわ》、強い音を立てた。

「──どうして来てくれなかったんだ」

呻《うめ》くように、国貴はそう呟いた。

約束したくせに。そばを離れないと誓ったくせに。拗《す》ねたように尋ねる今の自分は、陸軍中尉でもなければ、一族の命運を背負った当主候補でもない。置き去りにされたことに傷ついている、ただの子供だった。

「え……?」

「どうしてあれから、一度も会いに来てくれなかったんだ」

手を伸ばしてそっと国貴の後頭部に触れてから、遼一郎は口を開く。

「──これは、あのときの傷ですか?」

思いのほか優しい感触にどきりとしたが、国貴は無言を通すことでそれを肯定《こうてい》した。

「申し訳ありませんでした」

最初に謝罪の言葉が、国貴の耳を打つ。

「俺も、合わせる顔がないと思ったんです。大切な人に、こんなに酷い傷を負わせてしまって」

それだけの言葉では、彼があの約束のことを本当に覚えているのか、判断のしようがない。

「それに、親戚の監視が思ったより厳しくて、抜け出せませんでした。そのまま奉公《ほうこう》にやられましたから」

けれども、まるで魔法みたいだ。

穏《おだ》やかな言葉が染み入り、乾いていた砂地を濡らしていく。

離れていた十数年という月日を埋めるには、その言葉だけで十分だった。

どんな言い訳であろうと許さぬはずだったのに、たったそれだけの言葉で、国貴は呆気《あっけ》なく陥落《かんらく》した。

国貴がずっとこだわってきたあの約束を覚えているかどうかさえ、聞かなくていいと思えた。

「お送りしましょう。せめて、今だけはあなたの使用人でいさせてください」

「――少しでも申し訳ないと思っているのなら、国貴と呼んでくれ」

遼一郎に、自分が無茶なことを要求しているのはわかっている。

直接的な雇用関係がないとはいえ、父の尽くす主《しゅ》家《か》の跡取り息子に、ぞんざいな口を利けるわけがない。遼一郎の立場を知りながらも、こんな要求ができる自分は図々しすぎると思う。

「お許しを」

低く呟く遼一郎の姿に、国貴は今更のように、二人を隔《へだ》てていた時の流れを感じずにはいられなかった。

「……すまない。馬鹿なことを言った」

「国貴様」

「悪かった、遼」

国貴はいつになく素直に、謝罪することができた。

じゃあ、と国貴は身を翻《ひるがえ》す。しつこくしてこの再会を汚《けが》したくはなかったし、そもそも、神田と麻布では帰る方角が違う。

「――国貴様。もしよろしければ、カフェーにでも寄りませんか？」

そう声をかけてきた遼一郎は、あの頃と変わらぬ明るさを持ち合わせていた。

「え……？」

「国貴様を誘えるような、立派な場所ではありませんが」

「そんなことはない！」

幼子《おさなご》のように喜色を露《あらわ》にした国貴を見て、遼一郎は人懐っこい笑みを浮かべる。

「でしたら少し歩きますが、いい店があります。女性の従業員が洋装で人気があるんです」

「おまえもそういうことに興味があるのか？」

遼一郎はその問いには答えずに、ただ肩を竦めるにとどめた。

夕陽が路面を照らし出しており、国貴はふとそこで足を止めた。

——あ。

こうして明るいところで見ると、遼一郎の左右の目の色は明らかに違うし、視線にも違和感がある。

義眼《ぎがん》なのだ。

おまけに左眼には古い傷のような痕《あと》があり、それが遼一郎の柔和《にゅうわ》な表情の中では異質なものだった。

黙り込む国貴が己の義眼に気づいたことを知り、遼一郎は困ったように笑った。

「左は造り物なんです。昔、ちょっと怪我をしまして。生活には差し支えありません」

それ以上の質問を拒絶したような口調に、あの古傷が引き攣《つ》るように痛んだ。

自分の知らないところで遼一郎は成長し、大人になったのだ。

片目を失うほどの大きな怪我だ。いったいいつの間に、なぜそんなに酷い傷を負ったのだろう。

「急ぎましょう、あちらです」

さりげなく彼に急《せ》かされて、国貴はその疑問符を彼方《かなた》へと押しやる。

記憶の中にあった遼一郎の存在が、現実のものとなっていく。

この瞬間を、自分はずっと待っていたのかもしれない。

もう十五年以上も。

3

　勤務先の陸軍省参謀本部から帰宅した国貴は、二階の父の寝室の前でふと足を止めた。

　軋《きし》んだ音を立てて、ちょうど扉が開くところだったからだ。

　父親と顔を合わせるのは嫌だったが、逃げ出すわけにもいかず、そこにとどまる。

　だが、ますます滅入《めい》る羽目になったのは、寝室から出てきたのが父の親友で名目ばかりの秘書に当たる、伏見義康《ふしみよしやす》だったからにほかならない。

「おや……お帰り、国貴君。こんな遅くまで仕事かい」

　低い美声が鼓膜をくすぐり、国貴は未だ社交界を騒がせる壮年の美丈夫《びじょうぶ》を見つめた。

「ええ。今晩は。伏見の小父様《おじさま》も……父の仕事の手伝いですか」

「――ああ」

　幾分《いくぶん》含みのある笑みを見せ、伏見は国貴の顔を何気なく覗き込んだ。目の前にある彫りの深い顔貌《がんぼう》を見ながら、国貴は遼一郎の快活な笑顔を思い出そうとする。そうすれば、忍耐力を取り戻せそうな気がした。

「ちょうどいい。メイドに珈琲を頼んだんだが、一緒に飲まないか」

「僕は結構です」

「つれないな。君にあまり冷たくされると、傷つくよ」

「ご冗談を」

「どうせなら、冬貴と話でもしていったらどうだ？」

　不意打ちに父親の名前を出されて、国貴は表情を曇《くも》らせた。

「父と話すことなど、ありません」

「こちらにはあるんだ。じつは、鞠《まり》ちゃんに縁談が来ていてね。悪い話でもないが、勝手に進めるわけにもいかないだろう。一度、君に相談をしたかったんだ」

伏見はそれなりに社交好きで顔が広く、政財界に友人も多い。方々《ほうぼう》からそんな話を持ち込まれるらしく、確かに彼が国貴に持ってくる縁談や融資の話は悪いものではなかった。

それがまた、国貴の苛立《いらだ》ちを増す原因になる。

自分よりもこの家のことをよくご存じですね、と言おうとして国貴はそれを思いとどまった。それを口にするのは、あまりに惨《みじ》めだ。

「家のことは、あなたには関係ない。鞠子の縁談は、鞠子に決めさせます」

妹には政略結婚のような真似だけは、させたくない。この家の犠牲になる人間は、自分だけでたくさんだ。

「冷たいな。君くらいのものだ、私を嫌ってくれるのは。和貴君も道貴君も、私に懐《なつ》いてくれているのに」

伏見はわずかに笑う。

「動物だって可愛がれば懐く。人間を手なずけるのも容易《たやす》いことでしょう」

「弟たちを犬猫扱いするつもりか?」

失言だった。国貴は思わず口ごもり、床に視線を落とす。

「冬貴の友人として、話をしたいだけだ。それではどうだろう?」

国貴が口を開きかけたそのとき、不意に扉が動いた。

「義康……?」

扉の向こうから出てきた父の姿に、国貴はぎょっとした。

父は女物の緋色《ひいろ》の長襦袢《ながじゅばん》を一枚羽織っただけで、おまけにそれは衣服の役割を果たしてはいない。彼の象牙色《ぞうげいろ》の肌理《きめ》細かな膚《はだ》が夜目にも露になっており、その淫《みだ》らさに国貴はぞくりとした。

扉の奥には、いかにも寝乱れたベッドが見える。

「――冬貴、どうした？」

途端《とたん》に、伏見の声が甘みを帯びた。

「遅いから、どうしたのかと」

冬貴は、伏見を見てはんなりと笑う。

ほっそりとした顎が特徴の輪郭《りんかく》の内に配置された目鼻のバランスは絶妙で、唇はわずかに赤みを帯びる。

美しい男。

それ以外に冬貴を形容する言葉など、見あたらなかった。

「国貴君と話していたところだ」

「……ふうん」

少し伸びかけた前髪を鬱陶《うっとう》しげに払い、冬貴はちらりとこちらを見やった。

我が父上殿は年も取らぬのかと、国貴でさえも、一瞬その美貌に見惚《みほ》れた。

父親はきっと、男の精を食らう化け物なのだ。そうでなければ四十を過ぎてもこうも臈長《ろうた》けて麗《うるわ》しいままでいられるはずがない。

「国貴、学校は？」

細いがよく通る声で尋ねられ、国貴は平然を装って答えた。

「仕事が終わったところです」

「仕事……そうか、陸軍省か」

まるで現状を把握していないその様子に、ため息すらつきたくなった。

無論《むろん》、冬貴は頭が弱いわけでもなければ、知性に問題があるわけでもない。それどころか頭の回転は

早く、頭脳も明晰《めいせき》だろう。

ただ、父は何事にも関心がないのだ。

数百年に及ぶ近親婚の結果か、冬貴自身の資質なのか。彼はおよそ生活や家庭というものに興味がない。それでも彼が国貴を筆頭に四人もの子をなしたのはただ一つ、快楽に弱い気質を持ち合わせているからにほかならなかった。

「よかったら一緒にお茶を飲まないか、国貴」

「結構です」

「最近、冷たいね。何か私に気に入らないことでもあるのかい?」

「いいえ。何もありません」

氷点下の沈黙が、そこにあった。

「——すみません。疲れてますので、先に失礼します」

なんて美しく、そして汚らわしい男なのだろう。

腐臭《ふしゅう》すら放つその美貌と瑞々《みずみず》しく濡れた膚に、男も女も屈従せずにはいられないことを国貴は知っている。

冬貴が褥《しとね》に何人もの男を引き入れていることも。

「冬貴。おまえもそんな格好では、風邪を引くだろう。中に入ったほうがいい」

「ん」

父の指が伏見の頬に触れ、滑《すべ》るように動く。

「だからおまえを迎えに来たんだ。一人では足が冷えて眠れない」

「わかってる」

伏見はそう応じると、「珈琲は諦めたほうが良さそうだ」と笑った。

伏見は帝大《ていだい》卒で優秀な人物だと聞いていたが、今や冬貴の名目ばかりの秘書となり、夜となく昼となく爛《ただ》れた情交を結んでいるのだ。

つくづく、腹の底の見えぬ男だった。

「おやすみなさい、お二人とも」

それだけを言うのが精一杯だった。

国貴は憤然《ふんぜん》と歩を進め、自室へと向かう。

伏見と冬貴の関係を知ったのはいつのことだろう。自分でももう思い出せないほどに、遠い昔のことのような気がする。

この家の敷地内にある小規模の日本建築は冬貴のために用意された別邸で、一時の彼はそこで寝起きをしていた。

子供たちが決して入ることを許されなかった、禁断の庭。

あの男に組み敷かれて、淫らな声を上げていた父の姿を思い出す。

ぞっとするほど父は——美しかったのだ。

快楽を貪《むさぼ》り、啜《すす》り泣く冬貴の姿は。

十数年も昔の光景が、こうして国貴の脳裏に焼きついてしまうほどに。

「……駄目だ」


もっといいことを考えよう。

たとえば、遼一郎のことを。

昨日は久方ぶりの再会だというのに、驚くほど話が弾んだ。それどころか、自分たちは十年来の知己《ちき》のように親しく振る舞うことができた。

こんなにも自分は、遼一郎の存在を求めていたのか。

許せない、裏切られたと手前勝手な論理から呪詛《じゅそ》の言葉を放ち続けたくせに、彼の穏やかなぬくもりの前には、そんな虚勢《きょせい》など脆《もろ》くも崩れ落ちた。

遼一郎に再会できて、素直に嬉しいと思えたのだ。

とはいえ、あのときは昔話に盛り上がったが、二度目ともなれば歓迎されるかどうか。遼一郎は別れ際に再会を約束してくれたが、いざとなると国貴は怯《ひる》んだ。

何より自分は、市民からは忌み嫌われる『軍人』なのだ。

それに、遼一郎と自分が昔のように上手くやれるとは限らない。彼が国貴に見せた友好的な態度は社交辞令で、次はもっと素《そ》っ気《け》なくあしらわれる可能性だってあるのだ。

だけど……少しは期待してはいけないだろうか。

ほんのわずかでも、欠片《かけら》でもいい。

遼一郎の心に自分の存在があると思うことは、間違っているだろうか。


「おはようございます、国貴兄様」

ダイニングルームの扉を開けた国貴に屈託のない笑顔を向けてきたのは、弟の道貴だった。くるりと大きな瞳が印象的な道貴は、十八という年齢のせいなのか、まだ随所に幼さを残している。だが、利発でやんちゃなところが可愛く、国貴も愛情を注いでいるつもりだった。

「ああ……おはよう」

すぐにメイドがスープを運んでくる。口の奢《おご》った父は料理人の腕にも厳しい。贅沢《ぜいたく》に作られたコンソメスープは金色に澄んでおり、こうしているとこの家が没落しかかっていることさえ、忘れそうになる。

この邸宅には二十名ほどが座れる大食堂と、こうして六人掛けのテーブルを据えた小食堂の二つがある。客を招いたりパーティがない限りは、こちらの小食堂で食事を摂《と》るのが常だった。

「せっかくの日曜日だし、もう少しゆっくりしていればいいのに」

「だらだらするのは、性《しょう》に合わないんだ」

「堅いなあ、相変わらず」

面白みのない人間だと言われているようで、その事実が心に突き刺さる。

「……今日は、鞠子は？」

話を変えるために末の妹の話題を口にすると、道貴は困ったように首を振った。

「鞠ちゃんは風邪気味。ここのところずっと、熱があるんだ」

それは普段、鞠子のことを気にかける余裕のない国貴を責めるような調子でもあった。

「和貴兄さんの買ってきた雑誌も読んでしまって、随分退屈してるみたい。何でもいいから、面白そうな本があったら買ってきてくれる?」

「わかった」

あの和貴でさえ、妹のことは可愛がっている。末の鞠子と道貴は年が近いせいなのか、互いに仲が良い。それに問題はないのだが、自分と和貴にもそんな時代があったのだと思い返すと、不意に胸が痛んだ。

年上の二人が鬱屈《うっくつ》した部分を持っているのとは裏腹に、道貴と鞠子は共に明るく無邪気な気質の持ち主だ。


特に、すぐ下の和貴を理解しかねている分だけ、国貴には道貴の明るさが有り難かった。

食事を終えた国貴は身支度を整え、新聞を読んでから、遼一郎の住む神田へと向かった。

もっと急ぎたかったのだが、約束の時間に早すぎては迷惑だろうと思ったからだ。

それでも、遼一郎のくれた地図に書かれたあたりには、約束より三十分以上早く着いてしまっていた。

あたりを見回しながら歩いていたせいで、路地の向こうからやってきた小柄《こがら》な青年と軽く肩先がぶつかってしまう。その拍子《ひょうし》に、彼の手からばさばさと雑誌が落ちた。

「すみません」

彼が取り落とした雑誌を拾い上げてやると、青年ははにかんだように笑った。

雑誌は『労働運動《ろうどううんどう》』という、無政府主義者の大杉《おおすぎ》栄《さかえ》が編集しているものだ。

「どうも」

こんな線の細い青年も、社会主義運動に興味があるのだろうか。いや、このあたりは労働者の多い長屋のようだから、そうなるのかもしれない。

そんなことをぼんやりと考えているうちに、にぎやかな声が聞こえてきた。

「遼兄ちゃん、これ直して！」

「うん、先にこっちな」

聞き覚えのある声にそちらを見ると、路地裏で遼一郎が子供たちに囲まれている。彼は地面に座り込み、何かを作っているようだ。

「ほら、できた」

ああ、竹とんぼだ。懐かしい玩具《がんぐ》に、国貴は目を細めた。遼一郎は昔から手先が器用で、国貴にもあれこれと玩具《がんぐ》を作ってくれたものだ。

子供たちから慕われているのだろう。彼らに優しい笑顔を向け、遼一郎は穏やかな声で何かを話している。

「……国貴様！」

そこで国貴の視線に気づき、遼一郎が頬を染める。慌《あわ》てて立ち上がった遼一郎は衣服についた土埃《つちぼこり》を払った。彼が照れるところを初めて見て、国貴は思わず微笑んだ。

「ちょっと早すぎたみたいだ。出直してこようか」

「とんでもない」

ほら、兄ちゃんにはお客さんだから帰って、と遼一郎が明るい声で言うと、子供たちは素直に頷く。

「遼兄ちゃん、またね！」

一陣の風のように、彼らが走り去るのを、国貴はあっけに取られて見つめていた。

「よく懐いてるな」

「このあたりの子供たちですよ。可愛いものでしょう」

「手土産《みやげ》に、何かお菓子を持ってくればよかったな。

あの子たちも喜んだろうに」

国貴が残念そうに呟くと、遼一郎は屈託のない笑顔を見せた。

「国貴様が召し上がるようなものは、贅沢《ぜいたく》すぎて毒ですよ」

導かれるままに長屋の前に辿《たど》り着き、遼一郎はからりと引き戸を開いた。

「どうぞ、上がってください。それに、おやつなら焼き芋《いも》があります。胡麻《ごま》塩味、お好きですか？」

遼一郎のような大の大人に「おやつ」と言われたのがおかしくて、国貴は笑いながら問い返した。

「胡麻塩味？」

焼き芋は食べたこともあるが、胡麻塩味とは聞いたことがない。首を傾《かし》げる国貴を見て、遼一郎は鷹《おう》揚《よう》に頷《うなず》いた。

「友達に本を貸したら、お礼に持ってきたんです」

「へえ……」

何とはなしに、先ほどの青年を思い出した。

「ちょっと前までは西京焼《さいきょうや》きと言ったそうですよ。薄く切って、胡麻塩で味をつけてあるんです。そろそろ芋の季節も終わってしまいますから、今のうちに」

「時期があるのか」

「夏場は芋は売れないので、ところてんや白玉《しらたま》を売り歩いてますね」

「詳しいな」

「甘党ですから」

そういえば遼一郎は、昔から甘いものに目がなかった。幼かったあの頃も、よく国貴が家からビスケットやサブレを持ち出してやったものだ。

上がるように促された六畳の一間には、大きな本棚が据《す》えてある。そこにはぎっしりと書物が詰まっており、国貴は目を瞠《みは》った。

「……すごい」

「同僚と勉強会を開いていたことがあって、その名《な》残《ごり》です。集めているうちにこんなになってしまって」

「熱心でいいことだよ。ああ、原書まであるじゃないか」

日本ではなかなか手に入らない原書の類《たぐい》まであり、国貴は軽い興奮に駆られた。

「書店勤めをしてると、こんなものまで手に入るのか？」

「うちの店長は、貿易商につてがあって、船荷《ふなに》に本を入れてもらえるんですよ。おかげで洋書が充実してると評判なんです」

それにしたって、すごい。国貴は夢中になって本棚に向かい、一冊一冊を子細《しさい》に検分していった。

「ん？」

そのうちに国貴は、隠すようにしまい込まれた雑誌の束に気づいた。何気なくそれを引っ張り出した国貴は、ぎょっとして一瞬息を呑《の》む。

発禁になった『坑夫《こうふ》』『恨《うらみ》なき殺人《さつじん》』というプロレタリア小説や『近代思想《きんだいしそう》』といった雑誌だった。ほかにも労働者向けの雑誌で、共産主義者たちが激しい論調で檄《げき》を飛ばすことで有名な雑誌もあった。

単なる読書好きの青年が手にするにはそぐわないような、過激な書籍の数々だ。

国貴の沈黙に気づいたのか、遼一郎はそっとその束を取り上げる。

「……随分、硬派《こうは》なんだな」

ほかに表現のしようがなかった。

「たまにはこういうものも読まないと、不勉強になりますから。何しろ、ほかが娯楽小説の類でしょう」

再び書棚にしまい込まれた雑誌から視線を外し、国貴は気まずさを払拭《ふっしょく》しようと別の段に目を移す。

永井荷風《ながいかふう》や谷崎潤一郎《たにざきじゅんいちろう》に混じって、菊池寛《きくちかん》や中里《なかざと》介山《かいざん》の本もある。書棚の中身は幅広く、遼一郎が娯楽小説を楽しむのかと、国貴は思わず微笑んだ。

「何か？」

「いや、『大菩薩峠《だいぼさつとうげ》』、僕も読んでるんだ」

「え？　国貴様が？」

「うん。読み始めると止まらないだろう。完結を楽しみにしてるんだ」

大正二年に連載が開始されたこの小説は、十年近く経った今も完結せずに連載が続いている。通俗小説なんて読んでいると知られたことは恥ずかしかったが、彼は何も言わなかった。

「おまえのお薦《すす》めとか、あるのか？」

「ここに残してあるのは、気に入った本ばかりですよ」

「ふうん……」

そのうちの一冊を手に取り、国貴は表紙をそっと撫《な》でる。

遼一郎がかつてこれらの本に触れ、慈《いつく》しみながら読んだのだろうかと思うと、心臓がきりきりと締めつけられるような気がした。

自分の知らない歳月が、遼一郎の中には厳然として存在している。

この書物のうえに、遼一郎の思考の片鱗《へんりん》が残されていればいいのに。彼の吐息《といき》が、指先の熱が残っていればいいのに。

そうすれば、もっと簡単に時間の概念を飛び越えられるはずだ。

空白を埋めたいと願うのは、国貴だけなのだろうか。今こうして、遼一郎のそばにいる。その単純な事実だけでは我慢できないのは。

それを確かめる勇気がない自分が、情けない。

国貴は次第にその書物の織りなす世界に引き込まれ、やがて読書に没頭していった。

傍らで何をするわけでもなく、遼一郎が国貴を見つめて茶を啜《すす》っている。

その空気はあまりにも優しく、そして穏やかで。

「……すまない」

遼一郎の視線にようやく気づき、国貴ははっと顔を上げた。頬を赤らめ、慌てて本を脇へと押しやる。湯飲みに注がれた茶は、とっくに冷え切っていた。

「どうかしましたか？」

「せっかくおまえの家に遊びに来たのに、本だけ読んで過ごすところだった」

積もる話もあるし、国貴はもっと遼一郎のことを知りたかった。会えずにいるあいだ、どんな日々を過ごしたのかを聞きたかった。

「かまいませんよ」

くすりと彼が笑う。

「昔から国貴様は、何かに夢中になるとそればかりで……俺のことなんて、忘れてしまうでしょう」

「すまない」

国貴は肩を落とし、畳に突いた両手をぎゅっと握り締めた。

「僕は面白みのない人間だから、おまえを退屈させているだろう……？」

退屈させたら、きっともう二度と会ってもらえない。遼一郎を相手にするとここまで卑屈《ひくつ》になってしまう自分の心理が、国貴自身にもわかりかねた。

「退屈？　俺が？」

和貴のように華やかな美しさも話術もなければ、道貴のように素直でもない。ただ家を守るために汲々《きゅうきゅう》とし、軍人としての道を歩む一方だった己は、遼一郎にはつまらない堅物《かたぶつ》にしか見えないだろう。

「退屈なんてしませんよ。そういうところがいいんです。国貴様らしくて……嬉しくなります」

そっと遼一郎の手が伸び、国貴の頬に触れる。

「あの頃のままだ」

それは浅野のあの冷たい指とは違う、生きているもののぬくもりだった。

「遼……」

「優しくて、聡明《そうめい》で、家族思いで……俺の知っている国貴様は、つまらない人間なんかじゃありません」

「でも、立派な人間でもない」

「国貴様は国貴様だ。それでいいじゃないですか」

遼一郎の言葉は、国貴の自嘲《じちょう》さえ飲み込み、耳の中で穏やかに響いた。

——癒《いや》されていく。そんな気がした。

昔の快活で聡明な遼一郎の面影を、今の彼に求めているだけかもしれない。そうは思ったが、少なくとも目の前にいるのは、あの頃よりも幾分大人びて、それでいて変わらない部分を残した青年だった。

見つめたその瞳の力強い輝きに目が離せなくなる。

彼のその片方の瞳は造り物だというのに。

まがい物の瞳にすら、遼一郎の真っ直ぐな気質が映されているような気がした。

「俺の国貴様は、いつも綺麗で……子供心に自慢だったんですよ」

所有格をつけられて呼ばれれば、国貴ならずとも照れてしまうことだろう。その言葉に他意がないとわかっていても。

「——あ……っと、申し訳ありません。調子に乗ってしまって」

「いや。いいんだ。おまえのほうこそ、変わらなくて、僕は……とても嬉しい」

軍隊の生活は張り詰める一方で、国貴には息苦しい。だが、遼一郎の傍らには清涼《せいりょう》な風が吹いているような気がした。

「また来てもいいか？　うちだと……おまえも出入りしづらいだろう？」

「喜んで」

長いあいだ国貴を支配していた凝《しこ》りが、溶《と》かされていく。

幼い日のあの約束など、忘れられていてもかまわない。

今の遼一郎がいてくれるなら。

国貴は素直にそう思うことができた。

あの約束を覚えているのか確かめたくても、これまで聞くことさえできなかった。

しかし、聞いて気まずい思いをするくらいなら、蒸《む》し返さないほうがいいはずだ。

ほかでもない遼一郎がここにいるのだ。昔のことなど、もうこだわらないほうがいい。

「お土産も、買ってくるようにする」

「それは俺の仕事にしてください。国貴様には珍しいものを選びますよ」

遼一郎の笑顔は、まるで夏の陽射《ひざ》しのように眩《まぶ》しい。

「じゃあ、交換にしよう。僕も何か用意するから」

「では、よろしかったら、何かお貸ししますよ。何か興味のある本を持って帰りませんか？」

「……いいのか？　ありがとう！」

国貴が口許を綻《ほころ》ばせると、彼は優しげに目を細める。

この表情は昔から変わらない。

自分が知っている遼一郎そのものだった。

4

いけないことだとはわかっていたが、終業時刻が近づくと国貴は気もそぞろになってしまう。

遼一郎への手土産には何がいいだろうか。

寿司。大福。せんべい……。

せんべいならば、確か紀尾井《きおい》町に老舗《しにせ》があると聞いた。だが、仕事が終わってからではもう閉まっているに違いない。こんなことならば、昼休みのうちに抜け出して何か買っておけば良かった。

つらつらと考えているうちに、気づけば紙の端《はし》に万年筆で「せんべい」などと書きつけており、その事実に国貴は思わず顔を赤らめてしまう。

これが正式な書類でなくてよかった。

「……清潤寺君。楽しそうだね」

不意に声をかけられて、国貴はどきりとして顔を上げた。

「私が、ですか？」

上官の斎藤《さいとう》大佐はにこやかに笑い、ぽんぽんと国貴の肩を叩く。

「そうだ。この頃随分と明るくなった気がするよ」

「自分では、わからないのですが」

「よかったら、帰りに一杯どうだい？」

「申し訳ありませんが、このあと用事がありますので」

「そうか。残念だな」

失礼いたします、と声をかけて国貴は帰り支度《じたく》を始めた。

遼一郎に会えるのが、嬉しい。

嬉しくて、だけど、それを表現する言葉が追いつかないのが現実だった。

離れていた時間と距離は長すぎたはずなのに、その空白はいとも簡単に埋まった。

遼一郎が貸してくれる本は、いずれも面白かった。本を借りて読めば、遼一郎にまた会う口実ができる。彼と語り合う共通の話題ができる。そう思えばこそ、国貴は夢中になって書籍を読んだ。

遼一郎は以前の国貴ならば決して手を出さなかった種類の小説や評論を貸してくれた。それらに国貴は素直に驚かされ、感動し、時にその感想を遼一郎と語り合った。彼のそばにいることは楽しく、時間がいくらあっても足りないほどだ。

文学も演劇もただの気休めで、自分の人生には必要のないものだと、心のどこかで思っていた。

演劇や映画に惹《ひ》かれる気持ちを、いずれうち捨ててしまわなければならないと覚悟を決めていた。

だけど、遼一郎は違う。捨てなくてもいいと言ってくれる。やわらかくナイーヴな部分を捨てなくても生きていけると。

清澗寺家の長男として肩肘《かたひじ》を張って生きる国貴に、居場所を与えてくれるのだ。

以前と変わらずに遼一郎は優しく寛大で、そして年下の者の面倒見が良かった。

変わったのは、国貴だけだ。

遼一郎は左眼を失ったけれども、国貴はそれ以上に多くのものを失ってきた。たとえばそれは幼さがもたらす無邪気さだったし、純粋に未来を信じる素直さでもあった。

それでも遼一郎の傍らにいれば、心が安らぐ。彼の優しさに触れると、尖《とが》っていた心が少しは丸くなる気がした。

自分に魔法をかけてしまう遼一郎のことを、もっと知りたい。

たとえば、彼が義眼になった理由も。

やはり聞くのははばかられ、国貴は義眼について話題にしたことはなかった。

結局土産物を選ぼうとしても、既に店は閉まっており、それも叶わずに、国貴は手ぶらで遼一郎の下宿に到着した。

「遼！」

扉を開けて背中に声をかけると、薄暗い電灯の下、難《むずか》しい顔をして書架《しょか》を整理していた遼一郎が振り返り、口元を綻ばせた。

しかし。

次の瞬間、遼一郎がはっと身構える。

殺気にも似た、冷たい緊張が二人のあいだに走った。

「……遼？」

射抜くような視線が投げかけられ、国貴はそれにたじろぐ。

「どうかしたのか？」

国貴の動揺を悟ったのか、遼一郎はいつものように笑みを作ろうとした。

「ああ、いえ……驚いただけです。軍服でいらしたので」

彼の戸惑いが国貴の軍装にあることに気づき、さすがに複雑な心境になる。

「すまない……考えなしだった」

近隣の住人の中には、国貴を憲兵と間違えて、遼一郎にあらぬ疑いをかける者もいるだろう。そうすれば、ここにも居《い》づらくなるかもしれない。

「国貴様が本当に軍人なのだと実感しただけですよ。こちらこそ、申し訳ありませんでした」

「似合わないだろう。僕は、軟弱な顔立ちだから」

「国貴様には、もっと優しい色が似合います」

そんな濁ったカーキではなく、と言外に匂わされているような気がした。

遼一郎はきっと、軍人も軍服も嫌いなのだ。軍隊を役立たずと罵《ののし》るほかの市民たちと同じように。

それはまるで、国貴自身の存在価値をも否定されているようなもので、心に鋭い痛みを感じた。

「それより、先日お貸しした本はいかがでした？」

「――ああ！　すごく面白かった」

無理にはしゃいだ声を出すと、遼一郎もほっとしたように頷いた。

「それはよかった。新しい本を仕入れたんです」

だが、遼一郎の言葉も声も、どこかよそよそしい。

軍服を着てきたことがいけなかったのだろうか。

一刻も早く彼に会いたいと、職場から真っ直ぐここに来たことは、間違いだったのか。

「遼。もしかして、おまえは、軍人が嫌いなのか？」

半ば自己嫌悪に陥《おちい》りつつも、国貴はその話題を蒸し返した。

「――いいえ」

「だって、そうだろう。僕が軍服を身につけていることが、そんなに……」

いつになくしつこく食い下がる自分の大人げなさに、情けなくもなる。遼一郎の一挙一動にはらはらしてしまうのは、自分らしくなかった。

「気に入らないのではありません。ただ、いろいろと違和感を覚えただけです。俺のほうこそ、お気に障《さわ》ったなら、申し訳ありませんでした」

通り一遍《いっぺん》の言葉で流されそうになり、国貴はその事実によけい傷ついた。

そんなことを話したいわけではなかった。遼一郎の本心を知りたいだけだ。

「だけど……そうやって、誤魔化《ごまか》すのはおまえらしくない。昔から、嫌なことは嫌だと言ってくれる真っ直ぐなところが、僕は……」

好きだった、というあまりにてらいのない言葉を国貴は飲み込んだ。

「――俺は卑怯《ひきょう》な人間です」

低い声で、遼一郎は呟いた。

「遼……？」

「国貴様が昔の俺を覚えていてくれているのは嬉しいのですが、俺はもう……あの頃の俺じゃない」

「僕だって、変わった……時間が経てば誰だって変わる。そんなの、お互い様だ」

「いいえ。国貴様はちっとも変わっていない。ただ、俺だけが……」

ぞっとするほど冷ややかな声に、国貴は目を凝らす。

色違いの双眸《そうぼう》がもたらす効果なのか、その目の近くにあるうっすらとした古傷のせいなのか、与えられた威圧感に無意識のうちに身震いをし、国貴は半歩、後ろに下がる。

――遼一郎じゃない。

ここにいるのは遼一郎のはずなのに。

今、国貴が対峙《たいじ》しているのは、自分の知っている穏やかで優しいだけの男ではなかった。

冷え冷えとした凍《い》てついたまなざしで国貴を見据える、冷徹《れいてつ》な表情をした見知らぬ男だ。

誰だ。

この男は、誰なんだ……？

まじまじと遼一郎を凝視《ぎょうし》する国貴の視線の意味を悟ったのか、彼は困ったように笑った。

「――失言でした。忘れてください」

「遼……？」

この男の中には、何か秘密があるのだ。

彼の深淵《しんえん》には、冷たく静かなものが眠っている。掬《すく》い取ることも触れることも叶わぬ、恐ろしい秘密が。

造り物の瞳の奥に、遼一郎が隠しているものがある。そんな気がした。

「……悪い。こんな話は、もうやめよう」

「ええ。そうですね」

「それより、このあいだの劇場で、また次の芝居をやるそうだ。観に行かないか」

「え……」

あの劇団の定期公演は、毎回趣向が凝らされている。できれば遼一郎と観劇したかった。

「まだ調べてないのか？　浅草界隈《かいわい》を歩けば、あちこちにポスターが貼られているのに」

「……そうですか」

いかにも気乗りしない調子で頷く遼一郎に、国貴は不審すら感じた。

「すみません。ちょっと今は、仕事のことで頭がいっぱいで」

「そう、なのか。大変なんだな」

久しぶりに再会したあの小劇場で、一人で観るほど芝居が好きだと言っていたはずだ。しかし、今はその矛盾《むじゅん》を追及することができなかった。

遼一郎の持つ秘密を——本当のことを知るのが、何よりも怖かった。


問題は本当に軍服なのだろうか……。

軍人が嫌いかと問えば、たいていの人間は嫌いだと言うだろう。

殊《こと》に、社会主義運動や労働運動に関わる者は、官憲を蛇蝎《だかつ》のように嫌っている。

嫌われて当然だった。

たとえ遼一郎が、ほんの少し労働運動に関心があるだけの一市民であっても、税金を無駄に遣い、国民を苦しめる軍隊を是認《ぜにん》できるはずがない。

そう思うとさすがに気持ちが落ち込んでくる。

あまりに顔色の悪い国貴を見かねた上司が今日は早退しろと言ってくれたので、一度は家に帰った。

遼一郎のことを考えて一喜一憂する自分は、心底愚かしい。しかし、どうしても遼一郎のことが頭を離れず、国貴はこうして神田界隈まで足を運んでしまったのだ。予告もなしに家に立ち寄れば迷惑だろうが、書店ならば客として顔を出せる。彼に拒絶されないと確かめられれば、それでいい。

週末には一緒に出かける約束をしているが、それだけでは安心できない。国貴を嫌っていないという確信が欲しかった。

「確か……北辰《ほくしん》書店か」

国貴はそう呟く。神田は古書店や書店が入り乱れた街だが、特徴のある名前の店だし、すぐにわかるはずだ。路面に掲げられた古書店街の地図を見ると、北辰書店は裏神保町《うらじんぼうちょう》のあたりに記されている。

目当ての店は、すぐに見つかった。

店構えはいかにもこぢんまりとしており、所狭しと書籍が並べられている。店の三分の一ほどは洋書のようで、学帽を被《かぶ》った学生たちが一心不乱に書籍を選んでいるのが目に入った。

「すみません」

「はい、いらっしゃいませ」

すぐに眼鏡《めがね》をかけた老主人が出てきて、国貴に向けて笑みを作った。

「今日は、従業員の成田さんはいませんか」

「成田……？」

老人は怪訝《けげん》そうな顔つきで、国貴の顔をまじまじと見返した。その声に、本棚を整理していた若い男が振り返る。長身痩躯《そうく》の青年だったが、それは遼一郎ではなかった。

「ええ。こちらの店で働いてると聞いたんですが。成田遼一郎、という名前です」

「成田、ねえ。うちで雇ってるのは二人いますが、成田ってのはいないですよ」

「――いないんですか……？」

「いませんよ」

店主はいかにもすまなさそうな顔で頭を下げる。

「そう、ですか……。このあたりでほかに北辰書店という店はありますか？」

動揺を表に見せるほど、国貴は幼くはなかった。

「いいえ、うちだけです」

どういうことだろう。

遼一郎は勤め先として、北辰書店という名前を紙に書いて教えてくれたのだ。

先ほど振り向いた青年は、ひょこひょこと足を引きずっている。青年への国貴の視線に気づいたのか、老人は声を落とした。

「酷いもんでしょう」

そこで老人はひそりと声を落とした。

「憲兵の奴らに拷問《ごうもん》をされたんですよ。アカと間違われてね」

「憲兵に……？」

老主人はさも憤慨《ふんがい》したように頷いた。

「まったく、ひでえ話ですよ。どうせ軍人なんて役立たずのくせに、やりたい放題だ。あれじゃ、いつか天罰がくだりますよ」

国貴の外見は、軍人に見えないせいだろう。きっと線の細いインテリ青年と思って内情を明かしたに違いない。

「ほかに店員はいないんですか」

「いますけど、成田じゃないですよ。高橋《たかはし》って奴です」

ほら、と指さされた先に見えるのは、小柄な青年の後ろ姿だった。

……わからない。

また、混乱してきた。

どうして遼一郎はこの本屋で働いているなどという、嘘をついたのだろう。

すぐばれる、ささやかな嘘だ。

よろめくように頼りない足取りでその店をあとにした国貴は、気づくと遼一郎の下宿へと続く道を辿っていた。

「……じゃあ、また来ます」

「気をつけて帰れよ。君に、もしものことがあれば……」

聞き慣れた声に、国貴ははっと顔を上げる。遼一郎の下宿から、若い女性が出てくるところだった。

「――え……」

声が掠れてしまう。遼一郎から死角になるよう、国貴は慌てて近くの家の軒下《のきした》に隠れた。

眩暈《めまい》がした。

恋人、か……?

ぎゅうっと胸が締めつけられるように痛む。

下宿に招くような相手ならば、相当に親しいはずだ。それ以外には考えられない。

彼の周囲に女性の影はなかったが、あり得ないことではなかった。

遼一郎には、他人を惹きつける魅力がある。彼を好きにならぬ者がいるはずがないのだ。

自分も女だったら、彼に惚《ほ》れていたことだろう。いや、女性じゃなくたって、遼一郎を好きになったかもしれない。

今だって、現に、こうやって。

「…………」

耳まで熱くなるような気がした。

――何を、考えているんだ……。

自分たちは幼馴染みなのだ。遼一郎に友人として好意を抱いているのは、当然のはずだ。

自分でもわかるほどに、国貴はひどく動揺していた。

今、遼一郎に会えば、あらぬことを口走ってしまいそうな気がする。

こんな無様《ぶざま》な心境で、彼に会いたくはなかった。いたたまれなくなった国貴は、そこで踵《きびす》を返した。

胃の奥が熱くなるその感情には、まるで覚えがない。あの女性の存在に、自分は嫉妬《しっと》しているというのか。

恋人がいたのは、かまわない。

だけど、昔の遼一郎ならこんなことはしないはずだ。たとえ成長したとしても、もっと奥手で純情で、潔癖《けっぺき》で。

恋人を自分の部屋に呼ぶような人間になるものか。

あんなの、遼一郎じゃない。

国貴の知っている遼一郎じゃない。

書店に勤めているなどと国貴を欺《あざむ》き、部屋に恋人を引き入れるような男は。

――――遼一郎ではないとしたら？

だいたいあれが本物の遼一郎だという保証が、どこにあるというのだろうか。

「馬鹿な……」

恐ろしい疑念を抱いた瞬間、ぐらりと自分の立つこの場が揺れたような気がした。

喘《あえ》ぐように呼吸を繰り返し、国貴は近くの塀《へい》に寄りかかった。

前提が揺らげば、何もかもが頼りない幻《まぼろし》のようにさえ思えてくる。

誰なのだろう？

自分が知っているあの男は――誰だ？

あれは本当に、成田遼一郎なのか。

幼馴染みの振りをして、国貴に近づいてきただけの他人ではないのか……？

再会したとき、国貴は己の直感を疑いもしなかった。しかし、面差《おもざ》しがわずかでも似ていれば、遼一郎の真似をすることは容易《たやす》い。自分たちは十年以上も顔を合わせていなかったのだ。

それに、何よりもあの義眼。

遼一郎らしからぬ冷たい光を放つ人工の眼球が、よりいっそう、思い出の中の少年と今の彼とはかけ離れたもののように思わせた。

清澗寺家を利用する方法など、いくらでも考えら

れる。親しくなったところで強請《ゆす》ったり集《たか》ったりしてくるのかもしれない。

だが、本当に彼が遼一郎でなければならないのだろうか？

べつに、誰でもいいじゃないか。

頭の中で、理性を失った自分の片割れがそう囁く。

遼一郎でなくともかまわないはずだ。

確かに国貴は、あの男の存在に癒されたではないか。窮屈《きゅうくつ》な生活の中、やっと息をつけるようになったではないか。

彼に惹かれているくせに、何を今更迷うことがある？

「嘘だ」

国貴は押し殺した声で小さく呟いた。

惹かれているわけではない。あれはただの友人だ。

しかし、混乱しすぎて、何もわからなくなりそうだ。

自分の感情も、遼一郎の正体も。

なぜ彼が嘘をついているのかも。

「……おまえが外に誘うなんて、珍しいな」

「いけませんでしたか」

約束の場所に現れても沈んだ表情をするばかりの国貴を見て、遼一郎は困ったように首を傾げる。

「いけないなんて言ってない」

呆れるほどに容易く膨《ふく》れ上がる疑念と嫉妬の狭間《はざま》で、国貴の心は揺れ動いていた。

遼一郎と再会したことを純粋に喜ぶ心が大きかった分だけ、失望もまた大きかったのだ。

彼の望みは何なのだろう？

目当ては金か。それとも、地位か。

浅野の力を借りれば、一人の人間の出自《しゅつじ》を洗い出すことくらいは簡単だ。用心してそれくらいすればいいのだろうが、浅野に借りを作るのは嫌だ。かといって遼一郎の誘いを断るのも惜しく、国貴は自然と待ち合わせ場所へと向かっていた。

「今日はどこへ……?」

「いいから一緒に来てください。珍しいと思いますよ、きっと」

いやに楽しそうに笑った遼一郎は、国貴に手招きをする。これでも一応主《あるじ》になるはずだった相手なのに、随分気やすく扱ってくれるものだ。

だが、それにほだされている場合ではない。

この男が誰なのか、国貴は見極めねばならない。

遼一郎が蒔《ま》いた疑念の種は、日々大きくなる。

まるで湖面のように穏やかだった国貴の心に嵐をもたらし、揺らしていく。

今日こそ、勤め先のことを聞き出さなくてはいけなかった。

「国貴様、こちらです」

気づけば進行方向には人が増えており、目的地は同じ場所らしい。

「わ……!」

寺の境内《けいだい》が見えてきて、国貴は息を飲んだ。

無数の提灯《ちょうちん》がぶら下げられた参道には、人々が溢れている。屋台の灯りが眩しく、向こうから甘い匂いが漂ってきた。

「お祭りか」

自分がここにやって来た意図も忘れ、国貴は目を輝かせてあたりを見回した。

参道いっぱいに立ち並ぶ夜店の数々。不景気を忘れるように、子供たちが笑いさざめき、人々が歩いている。

向こうからお囃子《はやし》の音さえ聞こえてきて、国貴は目を細めてそちらに目を向けたが、人が多すぎて見ることはできなかった。

「下町のお祭りは、珍しいでしょう?」

「珍しいどころか、初めてだ」

昔は、お囃子の音がするたびに、近所の子供たちを羨《うらや》んだものだ。一緒に交じって、その魅力的な音楽のする場所へ行ってみたかった。

遼一郎は悪戯《いたずら》っぽい表情で、国貴に「こっちです」と耳打ちした。

「何か食べてみませんか？　美味《おい》しいですよ」

「え……」

どうしよう。何かと言われても、何を食べればいいのかわからない。

「何かって……何が、美味しい？」

「何でも！　それに、こういう日は特別、何でも美味しく思えるものです」

おかしそうに笑った遼一郎は綿飴《わたあめ》の屋台を指した。

「綿飴なんてどうですか？」

「ああ、すごく綺麗だ」

国貴の知らなかった世界が、ここにはあった。

自分が今まで住んでいたのは、まるで箱庭のように狭い場所だった。

軍人を純粋培養するための幼年学校や士官学校。隊付き将校としてわずかな時間を過ごした師団《しだん》。それらは閉鎖された孤独な社会であり、国貴にこんな新鮮な驚きをもたらしたことはなかったのだ。

確かに遼一郎に借りた本を読むのは面白かったし、国貴の目を開かせてくれる。だが、こうした人々の息吹《いぶき》を実際に感じ取ることはまた別で、国貴は素直に感動していた。

「どうぞ」

「あ、ありがとう」

遼一郎が買ってきてくれた綿飴を、国貴はおそるおそる口に運ぶ。ふんわりとしていたはずの飴は口に入れると途端にべたべたと重くなり、それが不思議だった。

「甘い……」

「美味しいですか?」

嬉しそうに目元を和《なご》ませた遼一郎が、国貴の瞳を覗き込んでくる。幼子にするようなその仕草に急に恥ずかしくなり、国貴は「見るな」と呟いたきり顔を背けてしまう。

「何か?」

照れているなんて、恥ずかしくて言えなかった。

「……知らなかった」

国貴はぽつりと、俯《うつむ》いたまま呟く。

「何が、ですか?」

「普段は……市民のことを守るだの何だの言っていたくせに、僕は全然、彼らがどうやって暮らしてるのか、知らなかった。それが恥ずかしい」

「——仕方がありませんよ」

国貴は軍人として、王道だけを歩んできたのだ。人々の困窮《こんきゅう》を噂に聞くことはあっても、庶民の暮らしぶりに目をやることはなかった。


「誰にだって、知らないことはあります。わからないこともある。だけど、そのことに気づかないより気づいたほうがいい。それならば、相手を知る努力ができる。それだけのことじゃありませんか」

気休めではない遼一郎の言葉に、胸がじんと熱くなってきた。

遼一郎に会えて、よかった。

彼がいてくれてよかった。

どんなに疑わしい相手であっても、それでもいいとすら錯覚《さっかく》しそうだ。

これが……自分の遼一郎なのだと思ってしまいそうになる。

それをどう伝えようかと国貴が言葉を選んでいるところで、突然どうっと凄《すさ》まじい音がして、屋台の一つが倒れた。

国貴はびくりと身を竦ませる。

「喧嘩《けんか》だ!」

「おう、やっちまえ」

無責任な怒号と悲鳴、それから何かが割れる音。

どうやら酒が入りすぎた男たちが、どちらが先にぶつかったのどうのと、この参道で喧嘩を始めたようだった。

あっという間にそこに人だかりができ、国貴と遼一郎を押し流してしまう。

「警察だ！」

誰かのその声に、事態はいっそう混乱を極めた。

逃げる者、喧嘩をしていた連中を押さえつける者。そこに警笛を鳴らして数名の警官が入ってきたのだから、そうでなくとも混雑は酷くなった。

「遼……？」

遼一郎を見失った国貴は、慌ててあたりを見回したが、人込みに紛れて彼は見あたらない。転びそうになり、握っていた綿飴が地面に落ちてしまう。

どこに行ってしまったのだろう。

また彼を見失うのだろうか。

——あの日のように。

なぜこんなに胸が苦しくなるのか、わからなかった。

必死になって人込みを掻き分けているうちに、膚《はだ》がじっとりと汗ばんでくる。

そこでようやく国貴は、探し求める人物の姿を見つけた。

「遼！」

そう声をかけて近づく国貴に気づかない様子で、遼一郎は群衆の中から国貴の姿を探そうとしている。

はっとした。

彼の視界に自分は映らないのだ——その義眼ゆえに。

切ないような、胸が苦しくなるような、そんな感情が不意に押し寄せてくる。

遼一郎に見つめられたい。

いつも遼一郎のそばにいたい。

彼の瞳に映るものは、どんなときでも自分でありたかった。

遼一郎がたとえどこの誰であろうと、国貴には関係ない。

「遼！」

わざわざ右側から回り込んだ国貴が声をかけると、振り返った遼一郎はほっとしたような表情になる。

「……よかった、見失ったかと思いました」

「すまない」

遼一郎は、国貴の手をそっと握った。

「これで離れない」

触れた部分から、遼一郎のぬくもりがじんわりと躰中に回ってくる気がした。

毒のように蠱惑《こわく》的なその体温が。

——離れられない……。

国貴は己の心に芽生えたその不条理な感情を、笑い飛ばすことすらできぬほど的確《てきかく》に理解していた。

離れないのではなく、離れることができない。

駄目だ。この男は危険すぎる。嘘をついて国貴に近づいてきたのだ。裏があるに決まっている。

それでも、この男でなければならないと思った。

わかっている。

遼一郎からは、秘密の匂いがする。

その義眼の凍えた温度こそが、きっと遼一郎の持つ本質に最も近いはずだ。

なのに、いけないとわかっていても、それが恐ろしいことだとわかっていても、葛藤《かっとう》する心とは裏腹に、国貴は確かに遼一郎に惹かれていた。

彼を失うことを恐れている。

この体温をもう一度失《な》くすことを。

「金魚すくいをしましょうか。あちらに、ほら」

そう言う遼一郎の手が、指が。

離れていく。

思わず国貴はその手を追いかけ、そして今度は自ら彼の手を摑んでいた。

「国貴様……？」

振り返った遼一郎の怪訝そうな顔。

その顔を見るとこれほど胸が痛む日が来るとは、いったい誰に想像できたろう……？

5

「清澗寺。ちょっといいか？」

「はい。何でしょうか」

初夏の陽射しはもう汗ばむほどで、国貴は顔を上げた拍子にそっと目を細めた。

「この文書。計算が間違ってるんだが」

同僚の中村の言葉に、国貴は「すみません」と答える。どうもこのところ仕事に身が入らず、些細《ささい》な間違いが多い。

気をつけなくては。

「早急に直しておきます」

「最近、具合でも悪いのか？」

「いえ」

ちらりとこちらを見やり、奥にいた同僚たちが何事かを囁き合っている。

間の悪いことに、ちょうど和貴が借金を作ったという件が新聞で書き立てられたばかりであり、それには『清潤寺財閥危急《ききゅう》の事態』といやに派手派手しい見出しが添えられていた。ゴシップばかりを書き立てれば新聞は売れるというのだから、本当にたちが悪い。和貴は、新聞記者の連中を喜ばせるためにいるようなものだ。

相変わらず遼一郎との交友は続いていたが、このところ彼は忙しいらしく、会える時間が限られている。それがまた国貴にはひどく堪《こた》えた。

職を替えたという話題は出なかったし、あの書店で働いているわけでないのなら、彼はどこで何をしているのだろう。あの女性と会っているのか。

決定的なことを聞く勇気のない自分が、何よりも歯がゆく情けなかった。


「ああ、そうだ。憲兵から資料が回ってきている」

「資料、ですか」

極秘と書かれた表紙を目にして、国貴はわずかに首を傾げた。

「最近、反体制運動が活発になってきているので、危険人物を挙げて表を作ってあるということだ」

「憲兵と協力とは、珍しいですね」

独立して任務を行う憲兵がそのようなことを求めてくるとは思わなかったものの、注意を促していることには間違いがない。軍部にも思想的な影響を受けた者がいると囁かれており、もしかしたら、そんな連中に何らかの動揺を与えるつもりなのかもしれなかった。

「内通者まで使ってるらしいから、精度は高いだろうな。だが、俺たちの仕事は、こんなことじゃないんだがなあ」

同僚のぼやきは当然だったが、かといって、活躍の場が与えられるような戦争が起きてほしいとは思えない。

現状で、軍隊の立場は不安定なものだ。

戦争がなければお荷物になるからこそ、争いの火種を作って自分たちの存在価値を見出そうとしている。長引く不況に国全体が閉塞《へいそく》しつつあるからこそ、戦争による突破口が望まれるのだと。

つくづく、馬鹿馬鹿しいとしか思えなかった。

シベリア出兵も無駄な結果に終わったではないか。挙げ句は政争にまで首を突っ込み、陸軍大臣を決めるのにはいつももめる有様だ。そうまでして軍は予算を拡大することを声高《こわだか》に要求し、軍備を拡張しようとしているのだ。

こんな時代に疲れた民衆が労働運動や共産主義に走る理由は、国貴にも理解できた。一部の資本家たちが儲《もう》けを貪る一方で、明日食うものにも困る者たちがいる。貧富の差は拡大する一方だった。

おかげで海を隔てたロシアの共産主義が日本に飛び火し、共産主義者たちが密かに日本共産党《にほんきょうさんとう》の設立を画策しているのではないかという噂が広がっていた。

「そういや、憲兵隊の浅野少尉と同期なんだって?」

「はい」

「あの変わり種の少尉も……憲兵の仕事は合っているみたいだな。浅野に口を割らない人間はほとんどいないと、同じ部隊の連中も舌を巻いているらしい」

浅野が運動家を拷問しているのだろうかと思うと、さすがに気分が悪くなりそうだ。

国貴の表情を読み取って、彼は首を振った。

「ああ、いや、ほとんど拷問はしないんだそうだ。それで口を割らせるからこそ、貴重な才能なんだろうな」

それもまた、浅野の性格からは頷けた。浅野であれば、その場に応じて狡猾《こうかつ》にも寛容にもなり、上手く相手から自白を引き出すだろう。それを知っているからこそ、国貴は彼に心を許せずにいるのだ。

「これが資料だ。読み終わったら回してくれ」

「わかりました」

書類のページをめくる国貴の手が、そこで不意に止まる。

成田遼一郎
確かにその五文字が、視界に飛び込んできたからだ。

……馬鹿な。

他の同僚たちに気取《けど》られぬように、国貴はもう一度その書類に視線を走らせた。

『社会主義運動ヲ推進スル要注意人物』

その項目のところに、見間違えようのない名前があった。

生まれは麻布付近となっており、年齢は二十九。長身、そして特徴として左眼が義眼と書かれている。

親の名前、誕生日、学歴、そして現住所。国貴の知るすべての情報が、あの遼一郎のものと一致していた。

図らずも、国貴の知る現在と過去の遼一郎が同一人物であると結びついた瞬間だった。

しかし、あの遼一郎が、反体制運動などに加わっているというのか。

信じられないと動揺しながらも、一方で、それに納得している自分自身がいた。

常に真っ直ぐで、正義感の塊《かたまり》らしいあの男ならば、やりかねない。

書棚に隠してあったプロレタリアートの雑誌。軍服を着込んだ国貴を目にしたときの拒絶反応。

書店に勤めているというのも嘘で、社会主義運動のことを隠していたのかもしれない。

だとしたら、軍人である国貴と交流を持つことは、遼一郎にとっては危険すぎる。

ただ懐かしさから友情を復活させるのは、愚か者のすることだ。少なくとも遼一郎は、そのあたりの計算ができぬ人間ではない。

必要とあらば、国貴が演劇好きだというのを調べて、わざわざあの劇場に足を運び、再会を仕組むことくらいはやってのけるだろう。

ばくん、ばくん、と心臓が震える音が妙に大きく脳内で響いた。

「…………」

遼一郎は、国貴に近づく必要性があったのだ。そうとしか、思えない。

――また裏切られるのだろうか。

あのときのように、自分は遼一郎に再び裏切られるのだろうか。

夜の空気は湿気を含み、じめじめと肌にまとわりつくようだ。

会いたい、と。

浅野に向かってそう口にするのは、容易いことではなかった。

彼の電話の局番は知っていたが、かけたのは初めてだ。浅野は至極《しごく》驚いていたが、すぐにそれを承諾した。

まるで自尊心を悪魔に売り渡してしまったような気がする。よりによって、こんな男に縋《すが》るほかなかったとは。

「君から誘いがあるとは、ね。嬉しいよ」

微かに口元を歪め、向かいに座った浅野は国貴の顔をちらりと見やる。

「内々に話をしたかったんだ。僕の誘いは迷惑か」

「まさか。だからこうして、喜んで話を受けたんだろう」

密談が始まる気配を察したのか、仲居《なかい》はごゆっくりと頭を下げ、そそくさと座敷をあとにしてしまう。

庭の鹿《しし》おどしの音がやけに虚《うつ》ろに響く。

「ご家族はお元気か？　このあいだ、和貴君の記事を見かけたが」

「相変わらずだ。仕事にも就くつもりはないようだし、家でふらふらしているよ」

「ふうん。真面目な兄の爪の垢《あか》でも煎《せん》じてやりたいところだな」

「一度、うちの会社から離れたところに就職させたほうがいいのかもしれない。世間の厳しさを知れば、あいつの行状も収まるんじゃないかと思ってね」

なかなか話したくない本題があるせいで、今日の国貴は妙に饒舌《じょうぜつ》だった。

「宛《あて》はあるのか？」

「知り合いの議員が秘書を探してるんだ。和貴もあれで頭はいいのだし……秘書ならできるだろう」

「そうやって皆の面倒を見て、長男は大変だな。今日だって、俺に頼みがあるんだろう？」

唐突に核心に踏み込まれ、国貴は内心でどきりとした。

「じつに楽しみだったんだ。プライドの高い君が、俺に膝を折るところを見られると思うとね」

「まだ、そのつもりはない」

「強がるなよ。早速用件を聞こうか」

国貴はそこで、沈黙した。

「どうした？　言えないようなことなのか」

「そういうわけでもないんだが……」

言い淀んでばかりでは、よけいに浅野に邪推《じゃすい》の余地を与えることになる。

なるべくだったら、遼一郎との関係は軽いものと思わせたほうがいいのだ。

「――このあいだ、憲兵隊から注意書きが回ってきたんだ。反体制運動についての」

「ああ、あれか」

ことなげに彼は言うと、杯《さかずき》を口に運ぶ。

「それで……ちょっと気になることがあった」

「何だ？」

ぞんざいな口調で浅野は先を促し、端然《たんぜん》と杯を干《ほ》した。

「知り合いの名前が載っている気がしたのだが……理由に心当たりはないだろうか」

その言葉に、浅野はこちらを見やった。

絡《から》みつくような視線が痛いが、それに負けて目を逸《そ》らすわけにもいかない。

国貴は真っ直ぐに、浅野の瞳を睨み返した。

不意に彼が口を開く。

「成田遼一郎か」

はっとした。

「……知って、いるのか」

期せずして、声が震えてしまう。

「もう降参か？　面白くない奴だな」

動揺する国貴を見ることを楽しんでいるのか。浅野は相変わらず不遜《ふそん》だった。

「交渉に来るときは、手札《てふだ》くらい揃えておけ。身一つで来るとは、まるで君らしくない」

「僕はただ、君の顔を見に来ただけだ」

「嬉しいことを言ってくれるじゃないか。よかろう、俺の知っている範囲で教えてやる。いったい何が知りたい？」

「彼は、本当にそんな政治運動に荷担《かたん》しているのか？」

「間違いであそこに名前を載せるほど、憲兵が間抜けだと思ってるのか？」

逆に問い返すその言葉に、一気に目の前が暗くなるような気がした。

「共産主義者なのか」

「それを定義するのは難しいな」

男はひょいと肩を竦め、杯を呷《あお》った。国貴は仕方なく、席を移ってそれに酌《しゃく》をしてやる。

「成田たちは、特定の労働組合に所属しているわけではないから、もっと自由に動き回れる。だからこそ、たちが悪い」

そこで浅野は息を継いだ。

「あいつらの目的は、労働者に社会主義思想の啓蒙《けいもう》をして、身分や貧富の差のない社会を作ることだ。そのために、労働運動の連中を、組合ごと取り込もうとしている。それだけでも厄介《やっかい》だが、面倒なのは、あいつらが共産主義の連中と手を組んだときだ」

身分や貧富の差のない、理想的な社会。その言葉に、わけもなく胸が痛んだ。

「現に今も、そういう動きがある。そのせいで、当局も躍起《やっき》になっているというわけだ」

「君が名前を覚えているほど、彼は大物なのか?」

「あいつは運動のリーダーというよりは、参謀《さんぼう》だ。取り調べをしたことはあるが、成田は自分の役回りをよく心得ている。運動の勢いが増し、当局も危険と見れば早いうちに潰《つぶ》しにかかるだろうな」

皮肉げに口元を綻《ほころ》ばせ、浅野は上目遣いに国貴を見つめた。

からからになった喉が渇きを訴えている。国貴はたまらずに、自分の前に置かれた酒を呷った。

「どうして、僕の用件が彼のことだとわかったんだ?」

「清澗寺家ゆかりの者を、俺が見逃せると思うか?」

彼はあっさりと国貴の欲した答えを与えてきた。

「それに、危険な組織になればなるほど、構成員の綿密な調査が必要になる。こっちも徹底的に洗い出すまでだ」

「しかし……」

「考えてもみろよ。あり得ない話ではあるが、万が一、清澗寺財閥の関係者が運動に取り込まれれば厄介だ。成田の名前は、ごく初期から上がっていた」

そういう、ことなのか。

「反体制運動を潰すためには、こちらはいくつも手札を用意している。そのためにあれこれ調べ上げてるんだ」

「もし捕まれば、成田は死刑になるのだろうか」

不意に、浅野が喉を鳴らして笑い出した。暗い雰囲気に似つかわしくないその声に、国貴はぎょっとする。

憲兵の取り調べは苛酷《かこく》なものだ。遼一郎が捕まれば、五体満足で再び太陽の下に出てこられるかどうかすらおぼつかないのだ。

彼が片目を失ったのも、憲兵の拷問のせいなのか。

「何がおかしい」

「成田がしょっ引かれるとしたら、何か犯罪を犯したときだ。危険人物と見たら死刑も止《や》むなしだろうな」

「な……」

「だいたい君も、もう少しものを考えてから質問をしたらどうだ？ いくら君が同窓とはいえ、当局の方針を、そうやすやすと部外者に話せるわけがないだろう。少しは冷静になれよ」

窘《たしな》めるような口調は哀れみの片鱗《へんりん》すら帯び、国貴はかっとなった。

「僕が冷静さを失っているとでも、言うつもりか」

「そう見えても仕方がないな。自覚がないようだが、成田の話になると、目の色が変わる。君が家のこと以外で頭を悩ませる日が来るとはね」

見透《みす》かされているのがわかっていながらも反発するのは、微かに残された意地のせいだ。

「べつに……ただ、運転手の息子だし、一応は幼馴染みだから気になるだけだ。息子が捕まれば、親が悲しむ」

「ふうん。さすが、次期当主はお優しいことだな」

浅野はにやにやと笑った。

「からかわないでくれ」

「成田とは、最近は会っているのか？」

「ああ、何度か」

一瞬、彼の表情が動いた気がした。

だが、その気配はすぐに消え失せる。

「ただの幼馴染みではなく、あの男が君の情人《イロ》であれば、話は別だ。それはそれで面白いんだが」

「まさか」

国貴は即答する。

情人、だと？

そんなわけがあるはずがない。

国貴が遼一郎に抱いているのは、ただの親愛の情であり、それ以上のものではなかった。

「――変な気を起こすなよ、清澗寺」

彼が厳しい声音で言った。

「どういう意味だ？」

「俺たちは軍人だ。特に君たち華族は天皇陛下を守ることが絶対だ。俺たちは、陛下を頂上とする今の体制を守るためにいる」

つまり――。

そこに仄《ほの》めかされた意味は、簡単なものだった。

「必要とあらば、君が成田を捕縛《ほばく》してこい。それが軍人としての務めだ。思想犯を挙げることが、君の目指す立派な軍人への近道じゃないのか？」

男は皮肉げに笑った。

そんなこと、できるわけがない。

国貴はぎゅっと掌を握り締め、自分の軍服の布地を摑む。

「僕は……ただ、あの男の命を……」

「助けたいのか」

国貴の言葉を、男は鼻先で笑い飛ばした。

無言は肯定の証《あかし》だった。

「自分の言葉が、どれほど不可能に近いものかわかって言っているんだろうな？」

「何？」

「君は清澗寺伯爵の四代目候補で、清澗寺財閥の跡取りだ。しかも陸軍中尉ときている。華族で、資本家で、軍人という立場は、労働者にとっては敵でしかない」

ぐさりと心に突き刺さる刃《やいば》のように、その言葉は重い。

「君のようなブルジョワジーの気まぐれに救われたところで、あの男が喜ぶものか」

浅野の言葉は、残酷なまでに的確だった。

国貴は清澗寺家の長子にして、将来を嘱望されたエリート軍人だ。社会主義運動を志す男とは、立場も思想も違いすぎて当然だった。

彼らが望むものは、身分や貧富の差のない世界なのだ。

階級闘争に燃える相手にしてみれば、国貴は敵以外の何者でもない。

動揺を隠しきれぬ国貴を前に、浅野は低く笑った。

「それでもあの男を救い出したいというのなら……あいつを逃がしてやろうか」

「え……？」

「君が俺のものになると言えば、あの男を逃がす手だてを見つけてやろう」

この期《ご》に及んで、また冗談を言うつもりか。

「やめてくれ、馬鹿馬鹿しい」

「この奥には、閨《ねや》がある。君に覚悟さえあれば、いつでも成田を救い出せるというわけだ」

「よせ」

男のまなざしに滲んだ欲望の光に、国貴は狼狽《うろた》えた。

「——それともあの男……君がその自尊心と引き替えにする価値もないのか？」

答えられなかった。

即座にその返事ができるほど、国貴も自分自身の感情を把握しきっているわけではないのだ。眉間《みけん》に深い皺《しわ》を刻み込んだ国貴を見て、浅野は笑う。

「君のように真面目な男が、規律に背《そむ》くのは相当の覚悟がいる。それでもあの男を救いたいのなら……それは、清澗寺、君が……」

「ふざけるな！」

「ふざけているものか」

あっと思うまでもなく、料理を載せていた台が振り払われた。

皿や残されていた酒が飛び散る。

男に両腕を絡め取られ、国貴は目を瞠った。

「離せ……！」

「やめる理由はどこにもない」

「僕には君を止める権利が…っ…」

「権利？　権利など必要なものか。俺は君に惚れていると言っただろう」

言葉遊びでは、もう終わってはくれないようだ。

浅野の淡々とした口調に、かえって国貴の恐怖は募《つの》った。


「いい加減にしろ！」

「――成田を救いたくないのか」

低い声音が耳を打ち、国貴はそこで凍りつかざるを得なかった。

「君は、何を……」

「言っていることは子供にもわかるはずだ。俺のものになるか、ならないか。成田を救いたければ、君に残された道は一つだ」

「馬鹿馬鹿しい！　離さないか！」

遼一郎を救うために、浅野に躰で贖《あがな》えと言うのか。

たかが運転手の息子を救うために。幼い頃共に過ごしただけの相手ではないか。

――違う、そうじゃない。

それだけの相手などでは、なかった。

諦められるわけがない。

やっと出会えたのだ。

もう二度と離れたくない。

この心を——遼一郎に傾倒していく心を、止められない……。

「……っ」

首筋から付け根までを舌でなぞられて、そのおぞましい感触に国貴は身を竦ませた。

遼一郎を助けるためには、これしかないのか?

この男に躰を引き渡すことしか。

眩暈《めまい》がする。

無論、浅野に躰を差し出すことはできる。それくらいは容易いことだ。

しかし、まだ方法はあるはずだ。

ここで唯々諾々と浅野に従わずとも、国貴にはまだ方策が残されているはずだ。

「離せ!」

国貴は短く声を上げると、浅野の躰を押しのけた。体術は苦手だったが、士官学校時代の教練は無駄ではなかったようだ。

「清澗寺……」

「僕は……こんな真似をする気はない。いずれは君と取引をすることもあるかもしれないが、少なくとも、こんなやり方はしない!」

あの男を救う方法は、ほかにあるはずだ。

「——できるものか」

国貴のその決意を見透かしたように、浅野は低く笑った。

「俺のものになったほうが、楽だぞ」

「いい加減にしろ!」

国貴は浅野の手を振り払う。

「清澗寺。君は本当に、あの男を救えると思っているのか? 成田は愚かな思想に骨の髄《ずい》まで浸《つ》かっている。自分が泳がされていることに気づいているくせに、くだらない運動から抜けられずにいるだけだ」

「救えるはずだ」

「それが愚かな思い上がりだと言うんだ」

浅野は決然と国貴を断罪する。

こちらをひたりと見据えた浅野の瞳は強い光を放ち、国貴を追いつめる。

「愚かでもかまわない」

「そう言い切るのであれば……君も随分変わったな。そんなにあの男が好きなのか」

びくりと国貴は身を竦ませ、浅野を睨みつけた。

「諦めろ、清澗寺。人間に人間を救うことはできない」

彼はひっそりと口元を綻ばせ、冷たい笑みを浮かべた。

「一度地獄に墜《お》ちた人間は、ただその地獄の中で這い回るだけだ。救われることなどあり得ない」

「うるさい！」

「理想は阿片《あへん》と同じだ。決して実現することのない甘い夢しかもたらさない。夢から覚めれば、苦しみだけが残る。それがわかっていても、おまえはあいつと地獄に堕ちるのか……？」

国貴は浅野を突き飛ばし、その場から走り出した。


外は雨模様だった。

あの店を飛び出してから、自分はどれほど彷徨《さまよ》っただろう。

夜の雨滴《うてき》は冷たく、躰を芯まで凍えさせる気がした。

ここから家に帰る方策はある。タクシーでも拾えばいいのだ。もしくは、どこかの家で電話を借りて、運転手を呼べばいい。

だが。

帰りたくない。

遼一郎に会いたい。会いたかった。

自分がついていながら、遼一郎を犬死にさせるわけにはいかない。

一分でも一秒でも早く、運動から足を洗ってほしい。いや、洗わせるべきなのだ。

自分の拙《つたな》い言葉に、あの一本気な男が耳を傾けてくれるかはわからない。しかし、この国で労働運動や社会主義運動をしたところで、それが根づくはずがないのだ。

国体や民衆の心が、そう簡単に変わるわけがない。維新前に、二六〇年あまりという徳川幕府の歴史を支えたのは、抑圧《よくあつ》されることに慣れた人々だった。この国の人間は、押さえつけられ、規則を与えられることに慣れすぎている。

遼一郎の部屋の扉は堅く閉ざされており、国貴は軒下《のきした》にずるずると座り込んだ。

「じゃあ、またな」

「ああ。気を付けろよ、高橋」

遠くで遼一郎の声が聞こえてきて、国貴は視線を上げる。

「——国貴様……？」

背後に立っていたのは、傘を手に呆然とこちらを見つめる遼一郎だった。

「遼」

「どうしたんですか、そんなにずぶぬれになって……」

彼の声に狼狽《ろうばい》が滲む。

何の躊躇《ためら》いもなく伸ばされた遼一郎のその手に触れ、国貴は息を吐いた。

「遼……会いたかった」

胸に閉じ込めた、幾千もの言葉が迸《ほとばし》りそうだ。

彼の声を聞き、その顔を見るだけで。

自分はこれほどまでに、激しい感情を抱いていたのだろうか。こんなにも熱い感情の波を、味わったことがあっただろうか。

「とにかく、中に入りましょう。このままでは風邪どころじゃすまなくなる」

自分の掌をそっと包み込む遼一郎の手は、とても暖かい。

そのまま彼の部屋に招き入れられ、国貴は膝を抱えて畳に座り込んだ。

「駄目ですよ、国貴様。髪と躰を拭かないと、風邪を引く。服も……俺のシャツで良ければ」

その言葉を、国貴はじつに無造作に遮った。

「答えてほしいことが、ある」

「何ですか？」

「おまえが——反体制運動に加わっているというのは、本当なのか？」

遼一郎が一瞬沈黙する。

それは、肯定と同義の空白だった。

「……まずは、温かいお茶でも淹《い》れましょう。洒落たものはありませんが」

「いいから、答えてくれ」

そう言いつのる国貴を誤魔化《ごまか》すことはできないと思ったのか。

遼一郎は静かに口を開いた。

「答えはすべて、国貴様がご存じなのでしょう？」

「どうして……どうして、そんなことを」

「あなたが教えてくれたんですよ。あなたと俺は身分が違う。俺にとっての原点は、いつもそこにあった」

皮肉を多分に込めた、冷たい声だった。

そんな目で、遼一郎は国貴を見ていたのか。

「全部嘘だったのか……」

優しさも。親しげな仕草も。すべて。

国貴と過ごした優しい時間も。

だが、すべてが嘘だったとしても、何もかも遼一郎の罠《わな》だったとしても。

それでもかまわない。

「手遅れになる前に、こんなことはやめるんだ」

「あなたには関係ないでしょう」

「僕はおまえを救いたいんだ」

「救ってくれと誰がいつ頼んだ！」

打って変わって、彼は声を荒らげた。

己の傲慢《ごうまん》さを責めるような口調に、国貴は怯む。

だが、ここで負けてばかりはいられない。

そう、誰が頼んだわけでもない。これは国貴の我《わ》が儘《まま》だった。

遼一郎を失いたくない。そう願う国貴の傲慢なままでの私情でしかなかった。

「——わかってる。僕の我が儘な言い分だ」

「御曹司《おんぞうし》の気まぐれにはつき合っていられませんね」

「気まぐれじゃない。頼んでるんだ」

国貴は畳に両手を突いた。

「頼む、遼一郎。今そんな運動をしたところで、無駄だとわかっているんだろう？　むざむざ命を捨てるつもりか？」

彼は国貴の言葉に、まったく耳を貸さなかった。

「ご自分が大事なら、もう俺には関わらないほうがいい。これに懲《こ》りたら、幼馴染みだからと簡単に他人に懐かないほうが、あなたの身のためです」

そんな話をしたいわけではなかった。

遼一郎を失いたくない。彼の命を憲兵などに渡したくはないのだ。

「あなたは真面目で頭がいいが、純粋すぎる。あなたのように優しすぎる人間は、俺みたいな奴に利用されるのがおちです」

ずきりと胸を抉《えぐ》られた気がした。

「利用したのか、僕のことを」

「いいえ、まだ」

だが、「まだ」と言うからには、これから利用する心づもりだったということだ。

おそらくは軍部の情報を得るために。

「——嘘だと言ってくれ……遼」

「なぜ？」

遼一郎はわずかに笑う。

そして、強いまなざしで国貴を見据えた。

「俺は卑怯《ひきょう》な男だと言ったでしょう。あなたのように清廉潔白《せいれんけっぱく》な人間には、俺のことなどわかるはずがない」

「僕だって、そんなよくできた人間じゃない」

どうしてわからないのだろう。

わかってくれないのだろう。

国貴にとって大切なものは、遼一郎だけだ。

幼い頃の甘やかな思い出はいつもこの胸にあり、国貴の心を照らし続けた。

もう、己の気持ちを誤魔化すことなどできない。

ずっとずっと、遼一郎を好きだった。

好きだったのだ。

だから、会いに来てくれない遼一郎を憎んだ。

憎むべきなのは、臆病な自分自身だったのに。

自ら会いにいって拒絶されるのが、怖かった。もう国貴など必要ないと言われたくなかった。

国貴には、遼一郎しかいなかったから。

「おまえにはいずれ、憲兵の監視がつくだろう。何かあったら監獄にぶち込まれる。要注意人物にだって挙げられてるんだ！」

それは機密事項だった。外に漏らせば、国貴も罰せられる。

苦い沈黙があった。

こちらに向けられた遼一郎の視線は国貴の首のあたりを彷徨《さまよ》い、そこで止まった。

「……清廉潔白でない、というのは事実のようですね」

遼一郎は低い声音で呟き、国貴の首筋に触れる。

先ほど浅野が戯《たわむ》れになぞった軌跡を辿るように彼の指先が動き、とん、と国貴の躰を軽く突き飛ばす。

「逢い引きの帰りに人の部屋に寄って、説教ですか」

押し殺した声に、国貴は目を瞠った。

「何を……」

そこで初めて衣服の乱れと自分の肉体に残された浅野の唇の痕《あと》に思いあたり、国貴ははっとした。

「これは、間違いだ……」

「間違い？」

遼一郎はぞっとするほど冷たいまなざしでこちらを見やるだけだった。

「違うんだ、遼。そうじゃない、僕は……」

触れればそのまま凍りつくような、氷点下の視線。

これが遼一郎が隠していたものか。彼の本質なのか。

無慈悲《むじひ》な視線に容赦なく射抜かれ、国貴は狼狽し、駄々を捏《こ》ねる子供のように、声を張り上げて懇願した。

「何でもする……本当に何でもする！　だから……頼むから……！」


今、この瞬間。

遼一郎がまっとうな道に引き返してくれると言うのなら、国貴はすべてを擲《なげう》つだろう。

すべてを失ってもいいと叫ぶだろう。

この男に焦《こ》がれている。

暗い秘密の匂いをさせる遼一郎を。

笑顔の裏に何かを隠した男に、国貴は喩《たと》えようもなく惹かれていたのだ。

遼一郎のいない世界など考えられない。

たとえどれほど憎まれても恨まれても、彼をこの世界に引き留めたい。

それが恋情《れんじょう》というものならば、なんと醜悪《しゅうあく》で力強いものなのだろう……？

「――何でも、とおっしゃるんですか」

押し殺した声で遼一郎は囁いた。

「だったら何でもしていただきましょうか。……国貴様」

彼が唇を歪める。

「その台詞《せりふ》がブルジョワジーの気まぐれだと、言われたくはないでしょう?」

その皮肉な笑みは、確かに、国貴が知らぬものだった。


あれは夏の午後だった。

蒸し暑いうえにあまりに気怠《けだる》く、すべてのものが死んだように動かぬ午後。

国貴は和貴と二人、川遊びに連れていってもらったのはいいが、途中でばあやの具合が悪くなり、予定を切り上げて帰宅した。

仕方なく和貴と庭で遊ぼうと、普段は近づくことを禁じられた、父の住む離れへと迷い込んだのだ。

その戸が薄く開いていて。

そこから、確かに冬貴の声が漏れていた。

ひどく苦しげで辛そうな声に、子供心に不安を覚えた。病気ではないだろうか。そうでなくても先ほど、乳母の苦しんでいるところを見たばかりだ。

父に何かあったらどうしよう。

そう思って国貴は、目前の戸を開けた。

禁じられた戸の向こうで、父が伏見に組み敷かれていたのだ。

苦しげに聞こえた声は、じつは艶を帯びた喘《あえ》ぎであるということに気づいたのは、それから何年も経ってからだ。

甘く喘ぐ冬貴の声は、淫らで。そしてひどく蠱惑《こわく》的だった。

あのほっそりとして日に焼けることのない白い脚を男の逞《たくま》しい腰に巻きつけ、彼はしきりに腰を揺らしていた。

密かに観察をしてみれば、冬貴を虐《しいた》げる男たちは日によって違った。ときとしてそれは複数のこともあったし、女性のときもあった。

だが、自分は違う。

自分は父のように、誰でもいいわけではない。

遼一郎だけだ。遼一郎しか好きになりたくなかった。


「服はご自分で脱げますね？」

腐臭《ふしゅう》すらするその追憶《ついおく》を破ったのは、これまでに耳にしたことがないほど冷淡な遼一郎の声だった。

「……大丈夫だ」

「震えておいでですか？」

感情をすべて殺《そ》ぎ落としたように、遼一郎は酷薄《こくはく》な表情を剥《む》き出しにした。

「いや」

国貴は首を振る。

「これがおまえの望みなんだろう？」


返答はなかった。

粗末な布団は清潔な陽射しの匂いがしたが、豪奢《ごうしゃ》な寝台に慣れた国貴の躰は竦む一方だった。

国貴がいくら肉欲とは縁遠く淡泊《たんぱく》な堅物とはいえ、女性との経験はある。だが、同性を相手にするのは初めてだ。

滑稽《こっけい》だった。

こうも必死で、遼一郎を繋《つな》ぎ止めようとする自分自身が。

シャツを脱げば、すぐに素肌が露《あらわ》になる。

遼一郎のまなざしに何を暴《あば》かれるのかと、そう思えば怖かった。

けれど一方で、遼一郎と膚《はだ》を合わせることができるのが嬉しいと、国貴がそんな馬鹿なことを考えているのだと知れば……彼は笑うだろうか。

自分はこの男を好きなのだ。

こんな浅ましい欲望に囚《とら》われるほどに。

なのに、遼一郎は国貴を辱《はずかし》め、滅茶苦茶にしたいというほど、自分を憎んでいる。

あまりにも惨めだった。

そもそも、遼一郎には恋人がいる。好きだと言っても、自分が情けなくなるだけだ。

それに、これは国貴の躰を餌《えさ》にした駆け引きなのだ。国貴の持つ好意は、取引においては弱みにしかなり得なかった。

この恋情を知れば、遼一郎は国貴をますます軽蔑し、もっと憎むだろう。

人と人のあいだに厳然として存在する身分の差。

それを思い知らせてきた国貴の所行に、彼は傷つき続けてきたのだから。

それゆえに、遼一郎は国貴を屈従させようとしているに違いない。

彼らが憎むブルジョワジーを、軍人を、体制の狗を。

その体現者である国貴のことを。

遼一郎は、こうして国貴に屈辱を与えることで、社会に復讐《ふくしゅう》しているのだ。

端整な面《おもて》を羞恥に染めて俯く国貴の前に、遼一郎は跪《ひざまず》く。彼が手を伸ばして薄く筋肉で覆われた国貴の躰に触れると、国貴は本能的な恐怖に思わず敷布《しきふ》を摑んだ。

「あっ」

肌理《きめ》の細かい膚に舌先で触れられれば、ちりりと熱い感触が生まれ、その驚きに思わず躰が竦む。次いで遼一郎に吸い上げられた膚には、小さく鬱血《うっけつ》の痕が残った。

「――まさか、男が初めてではないでしょう？　こんな痕をつけてきたくらいだ」

遼一郎がどんな誤解をしているかは知らないが、同性とは初めてだとは言えなかった。躰を取引の材料に使う以上は、弱みを見せるわけにはいかない。

「遼…、…」

触れられただけで、緊張に声が乱れる。

思いのほか無骨な指先が国貴の躰を這い回り、快楽を引き出そうと蠢《うごめ》く。

不意に顎を摑まれ、目を瞠るまでもなく、遼一郎の唇が重ねられてきた。

「く…ふ…」

上手く息ができずに逃れようとする国貴の舌を捉《とら》え、彼のそれが絡められてくる。驚きに惑う舌を強く吸われると、痛みと不可思議な感覚に、ぼんやりと頭の芯が滲むような気がした。

「逃げるなんて、今更怖《お》じ気《け》づいたんですか」

「いや——好きにしていいんだ、おまえの」

唾液《だえき》が溢れ出した口元を右手で拭い、国貴はそう呟く。

それで遼一郎のことを救えるのなら。破滅へと傾く彼の心を引き留められるのなら。


遼一郎の舌が、指が、膚の上を蠢《うごめ》く。それは欲望に任せた荒々しいものとはほど遠く、国貴は耐えきれずに声を上げた。

「……は、あっ……」

濡れて腫《は》れ上がった唇から零《こぼ》れ落ちたのは、自分でも信じられないほどに潤《うる》んだ声だった。それを聞いた遼一郎は一瞬悔しげに眉根を寄せ、そして軽く国貴の乳首を噛んだ。

「…ッ」

何の意味もないはずの器官が、今は硬く尖って男に触れられるのを待ち侘《わ》びている。

「聞かせてください。どうせ聞かせる相手なんて俺しかいないんだ」

「遼……」

「滅茶苦茶《めちゃくちゃ》になってしまえばいい」

彼の乾いた唇が国貴の胸の突起を軽く噛み、舐め、そして舌で押し潰す。そのたびに、躰の中にある熱源のスイッチが入れられて、体温が上がっていくような錯覚に囚われた。

「……ん、んっ……」

もう片方の乳首も、彼の指に捏《こ》ねられて、軽く抓《つね》られる。喉を囓《かじ》られるとそこに濃い鬱血《うっけつ》の痕ができ、いつしか国貴の膚は遼一郎のつけた徴《しるし》で装飾されていった。

自然と躰が汗に濡れ、狭い室内が蒸《む》れた空気に満たされていく。

愛しい相手に触れられていると思えば、羞恥を覚えるほどすぐに躰が顕著《けんちょ》な反応を示した。

「もう濡らしてるんですね。よほどお好きなようだ」

下着を引き下ろした彼の手が性器に触れ、先走りに濡れた淫欲《いんよく》の形を確かめるように、ゆっくりと掌に包み込んだ。

「……だめ…だっ……」

遼一郎の手を汚してしまう。

その指を。手を。

自分の体液で。

「たのむ、から……っ……それは……」

「あなたが、俺のような下賤《げせん》な男に、浅ましく縋《すが》るところが見たい」

彼は揶揄するようにそう告げると、国貴を翻弄《ほんろう》する指の動きをいっそう早める。どこか無骨な指が与える愛撫はもどかしくもあったが、それがなおのこと国貴の性感を煽った。

躰が蜜蝋《みつろう》になったような気がした。遼一郎の与える熱に溶けていく、やわらかな物体に変えられてしまったような、気がして。

「んっく……あ、あっ……遼……っ」

あやすように淫らに触れられて、国貴はたまらずに刺激を求めて遼一郎の手にそれを擦《こす》りつけた。遼一郎の掌は暖かく、そしてその指が与える快楽はあまりにも強い。

嫌だ。こんなところを見られたくない。そう思う気持ちと裏腹に、敷布を摑む手に力が籠《こ》もるだけで、愛撫を与えられるのに合わせて腰が勝手に揺れ動いてしまう。

「もっと乱れてください」

それは懇願《こんがん》の形を取った残酷な命令だった。

「嫌…だ、っ……もう……」

こんなふしだらな姿を見られるのは恥ずかしくてたまらないのに、苦しいのに、快楽を与えられれば反射的にその感覚を追いそうになる。

ほんの少し残された自尊心が、国貴をここに引き留めているだけで。

自分の脳が快楽に冒《おか》されていく。

こうも己の躰は与えられる刺激に弱いものかと、流されそうになる意識の中で、そう考えるのがやっとだった。

「男にこうされるのがお好きなら、素直になればいい」

「……違う、ッ…」

掠れた声は甘い喘ぎにも似ている。

「征服した相手の膚にこんな徴《しるし》をつけるのは……男だけですよ」

ひたりと押し当てられた指先が、浅野のつけたくちづけの痕を引っ掻いた。

与えられる恥辱と快楽に涙が滲む。遼一郎は国貴の目尻に浮かんだ涙を舌先で拭った。

「そ…れは…、…」

それでも守りたいと言えば笑うだろうか。おまえは笑うだろうか。

欺瞞《ぎまん》と偽善に満ちた、自己満足にすぎぬ欲望だった。

国貴とて軍人なのだ。本当に嫌であれば、遼一郎を打ち据えるくらいの護身術は心得ている。それを使わぬのは、恐怖と同時に期待がこの胸を焦がすのは、遼一郎に抱かれることをどこかで望んでいたからかもしれない。

「いつも清潔な顔をしているくせに……はしたない」

頭の中で繰り返される映像は、あの日、快楽に噎《むせ》んでいた父の美貌だった。

自分もあの人と同じ快楽を貪っているのだろうか。

遼一郎に触れられて、その手で悦楽を与えられる。

歪んだ欲望を引き出されて、国貴はただ声を上げることしかできない。

「あ……あ、っ…ん」

先走りに濡れる性器を優しく撫でられると、乱れて濡れた吐息が空気に滲む。遼一郎の言いつけに従って声を出しているのか、それとも出さずにはいられないのか、自分でももう区別がつかない。

「……淫らなひとだ」

先端の括《くび》れた部分を男に軽くつつかれて、たまらずに腰が大きくうねった。

「遼……りょう、っ」

一瞬、何もかも忘れるほどの強い快楽に襲われ、国貴はびくりと喉を反《そ》らせる。

間歇的《かんけつ》に躰を震わせながら、国貴は遼一郎の掌に精を放った。

他人の手を借りての放出は、脳をじんわりと痺《しび》れさせる麻薬のようなものだ。

「脚を開いてください」

こうなってしまえば国貴とて逆らう気力は起きず、遼一郎に促されるままに、おずおずと脚を開いた。

すると、男の指がひどく無遠慮に国貴の窄《すぼ》まりを探ってくる。

「く、う…ッ…」

襞《ひだ》の狭間を軽く引っ掻かれて、思わず声が漏れる。吐息が弾む。普段は触れられることなどないその部分を弄《いじ》られるなんて、思ってもみなかった。

そこに塗られたものが先ほど自分の放った体液であることに気づき、国貴は恥辱に頬を染める。

「ん、んっ……あ…ぁ…」

辛くて痛くて、堪えようとしても声が漏れた。そうでなければ体内に澱む痛みを吐き出せない。遼一郎は苦しげに身を捩《よじ》る国貴を見かねたのか、既に力を失った性器を再び掌に捉えた。

同時に濡れた音を立てて体内を探る指の動きがよりいっそう激しくなり、次第にそこが解《ほぐ》れてくるのが自分でもわかる。遼一郎の指を飲み込み、少しずつ綻《ほころ》びていた。

「…たの、む……待っ、…て…」

「待てるわけがないでしょう」

好きだ。

「…遼……」

どうして、この男を……こんなにも。

わからない。怖い。だけど、惹かれていく心を止められない。

この男が誰でもいい。何でもいい。自分を滅ぼす悪魔でもかまわない。

「ここがいいんですか?」

「ぁあッ」

襞の内側に、触られただけで頭が真っ白になるほど激しい快楽を伝える部位があり、国貴はたまらずに声を上げた。

認めたくはなかったが、信じられないほどに気持ちがよかった。耐えようとする心と裏腹に、淫らに腰が蠢いてしまう。

そこをぐちゅぐちゅと弄《いじ》られているうちに、再び下肢が濡れて反応を示してくる。

言葉にならない。

「遼…ッ……待っ……」

自分のものとは信じられぬ、艶を帯びた声が漏れる。濡れて潤んで、まるで媚《こ》びているかのようだ。

「——国貴様」

遼一郎は掠れた声でそう呟き、不意に国貴の両脚を抱え込む。そして、そこに熱いものを宛《あて》がった。

「遼……」

そこに彼の性器をひたりと押し当てられたのだと理解するまでもなく、男が体内に押し入ってきた。

「……ッ」

軍人たるもの、この程度の痛みに耐えなくてどうする。そうは思えど、破瓜《はか》の痛みは相当のものだった。

「力を……抜いてください」

「な、にを……っ……」

「それとも無理矢理引き裂かれるのが、お好みですか？」

酷い言葉で責めながら、遼一郎が痛みのあまり力を失った国貴の性器を扱《しご》き始める。

「……はっ」

教え込まれた快楽に頭がぼんやりと滲んできたところで、遼一郎に力を抜くよう促される。なす術もなくそれに従うと、また少し彼が内側に入り込んできて、その苦しさに交合を拒もうとしてしまう。するとまた、愛撫を与えられて。

その繰り返しの果てに遼一郎がすべて入り込んできたときには、国貴にはもう抵抗する気力など残されていなかった。

「泣くほど快《い》いんですか」

聞かれても、もう、何を答えればいいのか国貴にはわからなかった。

「きつい、ですね」

押し殺したような声で、彼は国貴の上に覆い被さってわざわざ耳許で囁く。

「男を識《し》っているとは、とても思えない」

「ん、っく……あ、あ……ああっ」

深々と貫かれ、国貴は悲鳴とも喘ぎとも知れぬ声で啼《な》かざるを得なかった。

「いや……違う。識っているからこそ、こんなに締めつけてくるんだ。そうでしょう、国貴様」

はしたないほどに熱く充血した襞が、遼一郎を求めている。彼が動くたびに内部《なか》が擦《こす》られて、もどかしい感触がたまらなかった。

「そう物欲しげに咥《くわ》え込まないで……少しは緩めてください」

遼一郎は低い声で囁き、敷布をぐっと摑む。

「わ、からな…、…」

遼一郎も次第に余裕がなくなってきたのか、国貴を責め立てる律動が早くなる。

痛いけれど、苦しいけれど、愛しい相手と繋がれるだけでよかった。それは遼一郎に対する遠慮からではなく、本心から生まれてきた想いだった。

「国貴様……」

掠れたその声が、愛しい。


「……いい…から…っ、……」

それに。

じわじわと下肢の奥から湧き上がるような甘い疼《うず》きを快楽と呼ぶのだろうか。

「…ッ、…あ……あっ…ふ……」

どうしようもなく感じる場所を突き上げられて、国貴はいつしか濡れた声を上げて男に応えるようになっていた。

「…あ、…もう…ッ」

身も世もなく声を上げた刹那、遼一郎の手が国貴の付け根を握る。

「痛っ」

「……まだです」

遼一郎の額《ひたい》にも汗が滲んでいて、国貴はどうしてこのまま達《い》かせてくれないのかと彼の肩を引っ掻く。

「達かせてほしいと頼んでください」

「な、に……？」

苦痛と快楽に、啜り泣きすら漏れる。涙と汗でぐちゃぐちゃになった顔にキスを落とし、遼一郎はそう告げた。

「言えるでしょう。何でもできるなら」

「っ」

解《ほど》けた部分を深々と突き上げられ、声にならない悲鳴が漏れる。

国貴としても、そこを遼一郎が解放してくれなくては最後の快楽を得られないことくらいはわかっている。

ただ、そう告げるにはまだ破片のような自尊心が残っていて。

「言えませんか？」

まるで澱《おり》のように溜まった熱が、せめぎ合う国貴の中枢を苛《さいな》む。

熱に震えて疼く部分を、解放させてほしい。

「……もう、…達かせて…っ……」


国貴様、と口の中で低く遼一郎が呟くのが聞こえた。

彼の指が緩み、同時に最奥まで激しく突き上げられる。

「りょう……遼、……あ、ああっ……」

もう二度と離したくないとばかりに彼にしがみつき、その背中に爪を立てながら、国貴は達した。

「国貴様」

そう囁いた遼一郎の熱が体内に満ちるのを、国貴は確かに感じた。

この男が愛しい。こんなにも。

共に地獄に堕ちたいと願うほどに。

ずっとそばにいる。もう、離れない。

この身に代えて、自分は遼一郎を守り続けよう。

「……もっと……してくれ」

この躰で遼一郎を繋ぎ止められるのなら、それすらも厭《いと》わない。

国貴には遼一郎が必要なのだ。

彼の唇が、ひたりと国貴のそれに押し当てられる。触れ合うだけだった接吻がやがて熱を帯び、互いに貪るような濃厚なものになっていく。

「国貴様……」

じんわりと痺れる躰の内側から、まるで発熱しているかのようだ。

肉厚の舌を絡められて吸われれば、遼一郎に与えられる快楽以外のことを、考えられなくなる。

父親のあの澱んだ血が、自分にも流れているのだ。

国貴はそう思った。

6

雨音が不意に、ぱらぱらとこの耳に届いてきた。

ずっと降り続いていた雨は、まだ止む気配がないようだ。

軋《きし》むように躰が痛み、しばらくはこうして眠っていたかった。

遠くから音楽が聞こえる。どこかの家がレコードでもかけているのだろう。去年流行《はや》った『船頭小唄《せんどうこうた》』の暗くもの悲しい旋律だった。

夢うつつで目を閉じた国貴は、自分の額に優しく触れる無骨な手に気づいた。

夢？　いや、違う。

あまりにも優しく触れてくるその掌に、先ほど自分の身に降りかかってきた数々の事態を忘れてしまいそうになる。

その感触が消え、他人の気配が傍らからなくなったのを確かめてから、国貴はおずおずと目を開ける。長い前髪が邪魔で少し首を振ると、ようやく視界がはっきりとしてくる。

瞳にまず飛び込んできたのは、遼一郎の逞しい背中だった。

ちょうど彼は窓を閉めるところで、上半身は裸でズボンを着ただけという服装に、国貴は自分の頬が火照《ほて》るような気がして慌てて唇を噛み締めた。裸電球の粗末な灯の下に照らし出された彼の背にいくつも赤い筋があるのは、行為の最中に耐えきれずに国貴が爪痕を刻んだからだ。

突然、遼一郎が振り返ったので、国貴は目を閉じることも顔を背けることもできず、なす術もなく彼と見つめ合う。


男は笑おうとしたようだが、次いで唇をきりりと引き結んだ。身を屈《かが》めて床に落ちたシャツを羽織り、億劫《おっくう》そうな素振りで国貴の瞳を覗き込んでくる。

「ご気分はいかがですか」

その精悍な顔立ちにわずかに疲れが滲むように見えるのは、自分たちが肉体関係を持った直後だからだろう。彼の声音に滲む気怠い疲労の色に、国貴は己の心が理由のわからぬ痛みに支配されていくのをまざまざと感じた。

変わることのない、敬語。その言葉遣い。躰を重ねたとしても、何一つ変わらない。

自分は華族の御曹司で、遼一郎は運転手の息子だ。結局二人のあいだにあるものは、いつも変わらないのだろうか。

社会主義運動から手を引かせることを条件に、遼一郎にこの躰を捧《ささ》げたとしても、無駄だというのか?

「――平気だ」

声を出してみると、自分の声はひどく掠れ、嗄《か》れて醜いものだった。軽く何度か咳をして喉の調子を整えているあいだに向けられた遼一郎の視線が、突き刺さるように痛い。

「後始末はしておきましたが……」

「……すまない」

それが何を指しているかにようやく気づき、国貴はひどく気まずいものを感じた。

半ば強引に遼一郎に躰を繋がれたというのに、国貴はその行為に溺《おぼ》れ、未知の快楽を味わった。

これまでいくら言い寄られようとも、男に躰を開くことなど考えられなかった。

しかし、昨日の国貴は、啜り泣きながら遼一郎にしがみつき、ただ惑乱させられる一方だった。

二十七にして初めて、男に征服されることを知ってしまったのだ。そしてそれが、途方《とほう》もない悦楽を生み出す行為であることも。

……最低だ。

「そういえば、どうして書店に勤めてるなんて嘘をついた？」

己の愚考を振り切り、国貴は口を開く。遼一郎に聞きたいことはたくさんあった。

「偽名でしたが、初めは書店にも勤めていましたよ。ああいうところは、新しい仲間を捜すのにはうってつけですから」

どこか投げやりな口調で言われたが、真実を知るためには、怯む理由もない。

「じゃあ、どうして嘘なんて……？」

「いい年の男が定職にも就かずにふらふらしていると知れば、あなたは俺を疑ったはずだ。あなたを利用するうえで、疑念を抱かせるのは得策じゃないでしょう」

疑うなんて、そんな真似をするはずがない。

確かに、彼にすぐに心を開くことは難しかった。だが仕方あるまい。

「でも、これで約束してくれるんだろう？　もう、今の運動からは手を引くって」

国貴の躰と引き替えに、社会主義運動からは足を洗うという条件を、改めて確認しておきたかった。

「約束？」

どこか嘲《あざけ》るような、そんなものが彼の声音に滲んだ。人工の眼が電球を反射し、冷たい光を帯びる。

「約束をした覚えはありません。俺はただ、あなたの気まぐれにつき合っただけだ」

「なっ」

かっと全身の血が頭に昇るような錯覚を覚えた。

普段は冷静沈着だと称される自分らしからぬ動揺ぶりに、恥ずかしくなって口を噤《つぐ》んだほどだ。

「あなたは俺の幼馴染みですが……それ以前に、華族階級の資本家でエリート軍人だ。反体制運動に荷担する俺みたいな思想犯とは、立場も何もかもが違うんです。そんな人間同士で、まともな約束なんて成立すると思いますか？」

「騙《だま》したのか……？」

遼一郎は軽く肩を竦め、そしてひどく皮肉げな笑みを浮かべた。

「男が一度決めたことを、容易く翻せるはずがない。あなたの覚悟はご立派だが、所詮は金持ちの戯言《たわごと》だ。信用できるわけがないでしょう」

言葉もなかった。

鋭いナイフで、やわらかな心をざっくりと斬りつけられたような気分だった。

「そんなはずがない」

喘ぐような、呻くような無様《ぶざま》な声が漏れた。

「おまえが嘘をつくなんて、僕には……信じられない」

それでも一縷《いちる》の望みを捨てきれない国貴の瞳を見

据え、遼一郎は再び口を開く。

「俺は必要とあれば自分や他人を欺《あざむ》くことも厭《いと》わない。それが今の成田遼一郎です。俺の正体を見ることができて、あなたも満足なさったでしょう？」

あまりに冷徹なその声音に、国貴は何も言えなかった。

遼一郎は変わってしまったのだ。

きっとその義眼をつけたときに、幼い頃の記憶も感傷もすべて捨て去ってしまったのだろう。

だけど、昔のままの遼一郎でなくても、いいのだ。少なくとも今の国貴が焦がれているのは、この男だった。

「あなたは俺に、平凡で安穏《あんのん》な生活を施《ほどこ》したいだけだ。そんなものは、あなたのようなブルジョワの自己満足にすぎない」

施しなんて、思っていない。

しかし、国貴は遼一郎の言葉に反論することはできなかった。

「納得いかないのでしたら、もう一度俺と寝てみますか？　俺が転向するかどうか、それで試してみればいい」

「ふざけるな！」

摑みかかろうと動き出した瞬間に鈍く腰が痛み、国貴はそこで眉をひそめた。

「っ…」

「大丈夫ですか、国貴様」

顔を上げると遼一郎は眉間《みけん》に皺《しわ》を刻み込み、唇をきつく結んでいる。

彼は望み通り国貴を辱《はずかし》めたはずだ。国貴を汚すことに成功した。

なのにどうして、そんな顔をしているのだろう。

彼は腕を伸ばし、国貴の躰を乱暴に抱き寄せる。

「——あなたは必要以上に純粋すぎる。せいぜい処《しょ》世術《せいじゅつ》を身につけたほうが身のためです」

純粋なのは、彼も一緒だと言ってやりたかった。

遼一郎が信じているもののほうこそが、儚《はかな》い幻想だ。

純粋で素直な子供だった国貴は、もういない。

ここにいるのは打算的で醜悪な、おぞましいほどの恋情《れんじょう》に狂った男だった。

それが、互いに大人になるということの意味なのか。

「どちらにせよ、これで……二度と会うこともない。あなたも懲《こ》りたでしょう」

「懲りるなんて、そんな言い方でけりをつけようとしないでくれ！」

国貴は思わず声を荒らげた。

つき合っている女性の存在を知りながらも、自分はこの男を手に入れようとした。その爛《ただ》れた悦楽に囚われていきそうだ。

「俺は、もう二度とあなたに会うつもりはありません」

「おまえの意思なんて、関係ない。僕は何度だってここに来る。おまえが考えを翻すまで」

「馬鹿なことを」

遼一郎は吐き捨てるように呟いた。

「なぜあなたは、こんなことに必死になるんですか」

「——僕がそうしたいからだ」

違う。好きだからだ。

けれども、国貴にはその言葉を言えなかった。

遼一郎の心を踏みにじり続けた自分には、その気持ちを伝える権利も資格もない。言われたところで、遼一郎は不快を覚えるだけだろう。

彼のどこにそれほど惹きつけられているのか、国貴自身にもよくわからなかった。

遼一郎はもはや昔の彼とは違い、己の信念のためなら他人を偽ることすら厭《いと》わない男に変貌を遂《と》げていた。

おそらく彼は、まだ何かを隠している。国貴はそう直感していた。

しかし、皮肉なことに、遼一郎のその秘密こそが、国貴をよりいっそう惹きつけるのだ。

頑《かたく》ななまでの決意の奥底に、いったい何を秘めている？　遼一郎の心を手に入れれば、その秘密を暴くことができるのか。

なのに、自分が手に入れたのは、彼の躰だけだ。

国貴は、羽織ったシャツの胸元をぐっと摑む。

脈打つ心臓が、確かな情熱を伝えている。国貴の心に宿る、あまりに凶暴な感情を押し込めたまま。

誰から蔑《さげす》まれても、どんな罰を受けてもいい。

国貴は、遼一郎を守ろうと心に決めたのだ。

何があろうと絶対に、遼一郎を死なせたりはしないと。

たとえそれが、すべてを失う決断であったとしても。


館の扉を開けると執事の内藤は既に休んでおり、国貴はこの憔悴《しょうすい》しきった顔を誰にも見られなかったことに、ほっとしていた。

しかし。

「朝帰りとは、ずいぶんと色っぽい真似をするものだな。私も年を取るわけだ」

階段を上がりきったところにある父の寝室の扉にもたれていたのは、冬貴の情人の伏見だった。今は、あまり顔を合わせたくはない相手だ。

「待ち伏せですか？　趣味が悪い」

「たまたまだよ。そちらこそ人聞きの悪い」

「でしたら、僕に何かご意見でも？」

「感心できたことではないね」

「あなただって、ご自分の家があるんでしょう。そちらにお帰りになったらどうです？」

伏見の嫌味をまともにとりあっても仕方がない。そうは思うのだが、国貴は以前からこの男だけは好きになれなかった。

父が心を開くのは伏見だけだ。子供の存在さえ、冬貴の中ではほとんど意味がない。

「帰るのは、冬貴が嫌がるんだ」

彼は何事もなかったように肩を竦め、そして国貴の双眸《そうぼう》を見据えた。

不愉快な沈黙があった。

「――本道を外れないことだな、せいぜい」

「え？」

「君の務めは健全な軍人たることだろう。この家を守り、軍人として立派に生きる……それだけのためにいる」

答えることなどできなかった。

この男は、何か知っているのだろうか。

それともただ、揶揄しているだけなのか？

家のために生きることしかできぬ、あまりに不自由な国貴のことを。

「僕は、この家の長男としての本道を外れるつもりはありません。それに、僕自身の生き方をあなたにとやかく言われる理由もない」

「相変わらず、手厳しいことだ」

「それが父の言葉なら、従うこともできますが……ほかでもないあなたの言葉には、従う理由がありませんから」

名目だけでも、冬貴は家長だ。だとしたら国貴は、何があろうと彼に従う義務がある。

あんな男の命令に従わねばならぬのだ。

たとえば、父がもっと普通の人間だったらどれほどよかっただろうか。

愛人を作ろうが何だろうが、もっと周囲に関心を持ってくれれば、国貴としてもこんなに頑なに、己の手で『家』を守ることに固執《こしつ》しなかったはずだ。

「君は、まるで冬貴には似ていないな」

国貴はそれには答えなかった。

似ているのは、たった一つ。

男に組み敷かれて、その淫欲に溺れる気質を持っていたということだ。

その点だけはきっと、自分は誰よりも父に似ていると思う。

遼一郎の指と皮膚と唇。その感触を思い出し、ぞくりと躰が熱くなった。まだこの身の隅々にまで彼の存在が残されているようだ。

もっとも欲しかった男の躰を、自分は一瞬だけでも独占したのだ。

彼の掠れた声が、国貴を呼んだ。

この身に劣情を放った。

それはひどく歪んだ悦楽だった。

7

指定された店の静かなたたずまいが見えてくるにつれ、気後《きおく》れが募る。

逢い引きに指定されたのは、かつて浅野と訪れたことのある料亭だった。

きっと自分はどこかがおかしいのだ。

何かが狂い始めているのだろう。

こんな方法を選ぶのは間違っている。遼一郎を守るのであれば、別のやり方があるはずだ。

なのに、考えれば考えるほどわからなくなって。明晰《めいせき》だと謳《うた》われたはずの国貴の頭脳は、滅茶苦茶になってしまう。

結局、遼一郎に、運動を抜ける意思がないことが問題なのだ。

だから国貴の思考は空回りし、出口のない迷路を彷徨《さまよ》う羽目になる。

考え抜いた末にとうとう国貴が思いついたのは、保険をかけることだった。

万が一に備えて、遼一郎の『罪』を少しでも軽くするために、できる限り手を尽くしたかった。

罪、か。

思想を持つだけで罪だというのだから、この国はずいぶんと歪んでいるというものだ。

自由になりたいと、労働者を守りたいと叫ぶことが罪なのだ。思想に罪状を突きつけるこの国の体制は唾棄《だき》すべきものだった。

国貴自身も家を守るため、家の名誉のためにと、己の意思とはほぼ無関係に軍人になった。

それゆえに、一度疑念が生まれれば足下が揺らいだ。このまま軍人として生き、この国を守ることに。


からりと戸を開けて店に入ると、「いらっしゃいませ」と女将が三つ指を突いて国貴を迎え入れた。もう既に国貴の顔を覚えているのだろうか。

苦い感情が喉元にまで溢れそうだ。

「浅野様もお見えでございます」

ちらりと流された視線は国貴の軍服の上を這い、そして一瞬、徽章《きしょう》を注視する。そのことに羞《は》じらいを感じて唇を噛んだが、彼女は何も言わなかった。

だからこそよけいに、辛い。

体重をかけるたびに廊下はぎしぎしと軋《きし》み、それは国貴の心を押し潰すかのようだった。

このまま、心臓が壊れそうだ。

「こちらでございます」

彼女が白魚《しらうお》のような指先で障子《しょうじ》をすっと開けると、そこでは憲兵の制服に身を包んだ浅野が膝を崩して座っている。彼は店の女性を侍《はべ》らせて酒を飲んでおり、国貴の姿を認めて唇を綻ばせた。

「来たか」

「ああ。遅れてすまない」

「まあ、座れ。腹も減っているだろう」

軍服のまま端然《たんぜん》と座し、国貴は男から向けられた不躾《ぶしつけ》な視線に耐えた。

「そう硬くならずに、酒でも飲んだらどうだ」

「飲む気にはなれない」

それが本音だった。今更、浅野の顔を見て酒食を楽しめるわけがない。

「食事よりは閨《ねや》がいいのか。人間、変われば変わるものだな」

人払いした浅野に笑いを含んだ声で揶揄され、国貴はその端整な顔立ちに朱を走らせる。

残暑の気配に昼間までは蒸し暑かったというのに、彼のそばに来た途端に空気が冷えてきた気がした。

それだけ自分は緊張しているのだ。

浅野は口元を綻ばせ、冷酒の注がれた杯を呷る。

彼と一対一になることに緊張し、国貴はただ俯くほかない。運ばれた食事の類に手をつける気力もないまま、血の気がなくなるまで唇を噛んだ。

「こんなに簡単に、君が手に入ると思わなかった。存外《ぞんがい》、呆気《あっけ》ないものだな」

「――僕は誰のものにもならない」

それはただの強がりにすぎなかった。だが、そう口にせずにいられないのは、国貴に残された少しばかりの自尊心ゆえだ。

この冷え切った躰が取引の材料になるのなら、それでもかまわなかった。

もっとも大切な男でさえも、この躰を道具も同然に扱った。だとすれば国貴にとって、もはやこの身はただの肉塊《にくかい》でしかない。

「それなら、何のためにここに来たんだ？」

「――成田を助けてくれ」

国貴の返答は簡素なものだった。

「組織を裏切る気か？」

「裏切るわけではない。君の力ならば、人一人を助けることくらい、簡単だろう？」

「昨日まで要注意人物として挙げていた男を、何の理由もなくそのリストから消せるわけがないだろう。いくら俺でも、できることとできないことがある」

遠回しな「助ける」という表現の裏側にある国貴の思いを、男はじつに的確に読んできた。だが、そう言われたところで、今の国貴には浅野以外に縋る相手はいない。

「まったく、無様なものだな」

男はくつくつと笑った。

「君ほど高潔《こうけつ》な男が、恋のために裏切者に成り下がるとはな。君は陸軍中尉で出世街道にいるエリートだ。それでも、あの男のほうが大事なのか？」

その通りだった。国貴のしようとしていることは、自分の所属する帝国陸軍、ひいては国家への反逆へと繋がり得る。小さな思想の芽すら摘《つ》もうと躍起《やっき》になっている憲兵や警察にとっては許し難いことだろう。

「狗《いぬ》の顔を拝ませてもらおうか」

不意に浅野は手を伸ばし、国貴の頬に触れようとする。その手を避けようとしたが、拒む間もなく顎を摑まれた。

「君は成田のために、自尊心を捨てて、己の躰を俺に差し出すというわけだ。大した自己犠牲じゃないか」

「……何とでも」

顎から手が離れ、ようやく楽になる。

不意に浅野は国貴の手を摑み、奥の間へと続く襖《ふすま》を開けた。そして、国貴をそのまま布団の上へと乱暴に突き飛ばした。

「な、……」

昔めかして点《とも》された行灯《あんどん》が、淫靡《いんび》な光を放つ。ちらちらと燃えている。

「食事が喉を通らないというのなら、別のものをくれてやろう」

彼はそう言って、小さく笑う。

「服を脱げ」

浅野の声はあくまでも冷たく、そして傲然《ごうぜん》としたものだった。

いかにもひんやりとしたそれが、いつも国貴の言葉をはぐらかし続けた浅野の本性だというのか。

「できないのか?」

恫喝《どうかつ》さえ滲んだその声に、国貴は退路を完全に断たれたのだと知る。

「抱かれに来たくせに、ずいぶんとうぶなものだな」

くっと男は笑い、国貴の上着のボタンを外した。

次いで彼はシャツに手をかけて、服をはだけさせる。

男のまなざしが国貴の肌理の細かい膚をなぞった。

「……成田に抱かれたのか」

彼は低く笑い、国貴をそのまま押し倒した。

隠すこともできない。

国貴の膚には、遼一郎がつけた痕がまだそこかしこに残されていたからだ。

「あの男が君を抱くところを——見てみたかったな」

「…ッ」

浅野は薄く色づいた国貴の胸の突起を軽く指先で潰し、指の腹で転がすようにして感触を楽しむ。

その刺激は痛いだけのはずなのに、かつて遼一郎に抱かれた躰は、まだあの甘い疼きを覚えていた。

「く…ぅっ……」

「堪えているばかりでは面白くない。もっと声を出したらどうだ」

「黙れ…!」

「君は自分の立場をまったくわきまえていないんだな。もっとも、それくらいのほうがこちらも楽しみ甲斐《がい》がある」

男はおかしそうに笑い、国貴の衣服を無造作に乱した。それでも国貴の軍服を完全に脱がせることがないのは、彼の底意地の悪さの表れなのか。

「成田がどうやって君を抱いたのか、教えてみろよ」

そう囁きながら、浅野の指先が国貴の下肢の付け根を淫らになぞっていく。

「……やめろっ…」

すべて諦めたはずなのに、いざこうして触れられれば自尊心が疼いた。

「やめるわけがないだろう。これは正当な取引だ。そうでなくとも、君には一度逃げられている。今夜は逃がすわけにはいかないな」

「ん、…ぅうっ……」

彼の指が動き、国貴の性器をゆるゆると扱《しご》いてくる。そのもどかしい動きが苦しくて、国貴は両手で布団に爪を立てた。

「感じてきたのか」

そう囁いた浅野は、滲んできた雫を指先ですくい、先端を軽く弄《いじ》る。

「よせ！」

「——どうして？　君だって、触れられて悦んでるんだろう？　弟君と同じく、君にも男を咥え込む素質があるというわけだ」

国貴は息を呑む。

そうでなくとも、軍人である国貴には武術の心得がある。だが、口で何と言おうと、国貴は取引を望んでここに来たのだ。男を跳ね飛ばすことなど、できはしなかった。

「こんな思いをしてまで、成田を救いたいのか」

そっと指先で窄《すぼ》まりを撫でられて、国貴はびくりと震えた。

「プライドも何もかもかなぐり捨てて、それであの男を救えると思ってるとは……君もつくづく愚かだよ」

浅野は低く笑って、国貴の体内に指を潜り込ませる。

「…っふ……」

詰めていた吐息が漏れた瞬間、国貴は自分がひどく恥ずべき人間にまで堕落したのだと悟った。

「成田の仕込みを確めてやろう」

浅野の唇が鎖骨《さこつ》を軽く噛み、そのまま乳首に吸いついてくる。

「ぁっ」

予期せぬことに思わず声を上げると、彼は何も言わずにそのまま慎《つつ》ましやかな突起を指で捏《こ》ね回し始めた。

最初はそれも痺《しび》れるような痛みを与えるだけだったが、弄《いじ》られているうちにだんだんと刺激が深くなってくるようで、その生々しい感触に国貴は身を捩《よじ》った。

まだ身に着けたままの軍服は半ばのところではだけられており、このまま彼に屈従するのかと、絶望的な心境すらこみ上げてくる。だが、理性をすべて追いやるほどに、浅野の手指は巧みに動いた。

「こ、れで……いい、だろう…っ…」

ただ弄《もてあそ》ばれるだけの時間をすぐにでも終わらせたくて国貴はそう吐き捨てたが、男の指の動きはやけに生々しく、襞を掻き分けてその内側に入り込む。

これ以上焦らされていたら、頭がおかしくなってしまいそうだった。

「何だ、もう挿《い》れてほしいのか？　清潔な顔に似合わず淫乱だな」

「…うるさ…っ！」

揶揄する浅野を叱咤《しった》してみたものの、彼は冷徹な視線を投げかけるだけだ。

「我を忘れるまで君を焦らして、欲しいと泣くまで虐《いじ》めてやろう。それくらいがちょうどいいだろうことをやめるつもりはないらしく、ただ淫猥な音をさせる部分を責め立てるだけだった。

綻びることを知らぬ、固く閉ざされた箇所に半ば無理矢理指を差し入れられ、耐えきれずに乾きかけたはずの涙が溢れ出す。

「……まだだ」

低い言葉で彼はそう囁き、意思とは裏腹に淫らに脈打つ性器を揉みしだいた。

「あの男がしなかったこともさせてやろうか」

虚ろなまなざしの国貴の髪を、浅野はぐっと摑む。

「いや。違うな。あの男にはできなかったはずだ」

衣服をくつろげた浅野は国貴の頭を己の下腹に引き寄せ、そして「しゃぶってみろ」と告げた。

あまりのことに色を失った国貴を、彼はおかしそうに見つめる。

「できないか？」

薄い唇に突きつけられたその醜悪な器官から、国

「……？」

執拗《しつよう》に舐め回されてぷっくりといやらしく腫《は》れ上がった乳首を指で弾き、浅野は淫蕩《いんとう》な笑みを浮かべた。

「ほら、もうすっかり形が変わってしまっている。——君は感じると、こうなるのか」

吐息だけで綴《つづ》られた音のあまりの淫らさに、もう言葉も出なかった。

「や、め……あ、っ……あぁっ……！」

触れられてなぞられるたびに卑猥《ひわい》な水音を立てる部分の付け根を押さえ込まれて、国貴は悲鳴を上げた。先日の遼一郎の愛撫とは違い、浅野はもっと淫《いん》靡《び》でそして巧緻《こうち》な技術を持っていた。

彼は国貴のその躰が発情に潤み、溶けていくのを待っているのだ。

「…もう、気が…済…んだ……はず…だ……っ」

乱れた声でそう詰《なじ》ったとしても浅野は国貴を弄ぶ

貴も一度は目を背けた。しかし、男は引くつもりはまるでないようで。

「獣になってみろよ。理性など捨ててしまえ」

「………」

目を閉じた国貴は、浅野の性器におずおずと顔を近づける。

ひどく惨めな接吻はしかし、これから始まる屈従の日々の合図にほかならなかった。

涙すら零れることはない。

ただ麻痺《まひ》したように脳は冷え切り、国貴の心を凍らせていく。

男の性器を捧げ持ち、先端だけを咥《くわ》える。

「それだけか?」

揶揄する声音に口を更に大きく開き、それを口腔へと導いた。

「旨《うま》いだろう?」

そんなわけがない。こんなことが。

「…っ……」

「言えよ」

「……美味《おい》しい……」

壊れる。

ぐちゃぐちゃになる。

促すように髪を撫でられて、国貴は喘ぐように口を開いた。

「美味しい、浅野……」

舌を這わせれば唾液が零れ落ちる。形を確かめようとなぞるだけで、その大きさに舌はじんわりと怠《だる》くなった。

「……門の中まで送ろうか?」

そう尋ねられて、浅野の自家用車の後部座席に収まっていた国貴は、彼のことをきつく睨《ね》めつけた。

「一人で平気だ」

まだ躰の芯が怠かったものの、浅野に弱みを見せたくはない。

「ふうん」

浅野は小さく笑い、車から降りようとした国貴の腕を摑む。そして、強引に国貴を引き寄せると、耳に唇を寄せた。

濡れた感触が不快だったが、それを言うことは国貴には許されない。

「次の週末は、大人しくするように成田に言っておけ」

「え?」

「奴らは、上海《シャンハイ》でコミンテルンの極東委員会と接触した連中と、会合を持つらしい」

コミンテルンとは、世界各国の共産党の組織のことだ。

「情報は当局に筒抜けだ。痛い目に遭わせたくなければ、成田の首に縄をつけて繫いでおくんだな」

彼の手が伸びて、国貴の首を押さえつける。

「こちらだって、切り札は何枚でも用意している。いつまでも連中を野放しにしておくものか」

唇を奪われたのだと気づくよりも先に軽く肩を押され、国貴はその勢いで車から離れた。途端に運転手の手でドアが閉められ、浅野が乗った車が遠ざかっていく。

ぼんやりと反芻《はんすう》しているうちに、ようやく与えられた情報の重大性に気づき、国貴ははっとした。

共産主義者との会合には、おそらく手入れがある。浅野はそう示しているのだ。

今すぐ遼一郎にこの報《しら》せを届けてやりたいという感情に駆られたが、そうするには気力も体力も限界だった。何よりも、浅野の匂いを躰中に残したまま彼に会うのは嫌だ。

国貴は門を開け、そしてのろのろとした足取りで屋敷へ向かった。

浅野に痛めつけられた躰はまだ火照りを帯び、一歩進むごとに全身が軋むようだ。まるで油切れの機械のように不自由なその様子が自分でもおかしく、国貴は声を立てて笑い、そして倒れ込むように扉に寄りかかった。

ゆるゆると扉が開く。

音を立てぬように戻ってきたつもりだったが、執事の内藤はまだ起きていた。

「ああ……すまないね、起きていたのか」

「はい」

「僕が遅いときは寝てもいいいんだよ。おまえも疲れているだろう」

国貴はねぎらいの言葉を口にして、苦しいながらも笑みを作って見せた。

このところ、内藤はめっきり老《ふ》け込んだ気がする。以前よりも国貴が家のことに時間を割《さ》けなくなったせいで、彼の負担が大きくなっているのかもしれない。

やはり、弟の和貴の行状を諫《いさ》め、少しでもこの家のことを考えるよう言う必要がある。

和貴はこの清澗寺家を憎んでおり、家を継ぐ気もなくふらふらと遊び歩いている。

だが、今日だけは、和貴の顔を見ることはできそうになかった。

自分は好きな男のために、この躰を悪魔に売り渡したのだ。

躰の奥がじんと疼くように痛む。浅野に容易くこの身は奪われ、彼の望むままに弄ばれた。

悪寒が走り、国貴は己の左肩を右手で摑む。

どこもかしこも、浅野の触れぬ場所はなかった。そして国貴は、浅野の望むままに卑猥な台詞《せりふ》を口走り、彼に許しを乞《こ》うた。

遼一郎を救うために、浅野から情報を得るために、自分は卑怯で汚らわしい真似をしているのだ。

なんて、醜い。

「兄様?」

不意に頭上から声が降ってきて、国貴はびくりと身を震わせた。心臓が激しく脈を打つ中、おそるおそる階段を見上げる。

すると、寝間着姿の妹の鞠子が、呆然と佇《たたず》む国貴を不思議そうに見下ろしていた。

「鞠子……すまないな。起こしてしまったのか?」

「今日は夜更かししていたの。星が綺麗だったから」

鞠子はおっとりと答え、国貴に向かって笑った。

「兄様は?」

「僕は……友達に会っていた」

「お友達? 珍しいのね」

友達だったら、国貴をあんな風に辱めたりはしないだろう。

もっとはしたない声を出して俺を悦ばせてみろと、卑猥な言葉で自分を挑発したりはしない。

己の感情を持て余す国貴に、もう少し親身になってくれたはずだ。

「兄様? 怖い顔してるけど、どうしたの?」

鞠子が右手に触れてきたので、国貴は狼狽した。

しかし、彼女を振り払わずにいるだけの冷静さは残っている。その無垢《むく》な指に触れられることで、妹のことまで汚してしまうような気がして、それが恐ろしい。

「いいや、何でもない。おやすみ、鞠子」

ようやくそこで階段を上り始めた国貴は、一番奥にある自室の扉を開ける。

「……くそ…っ」

ベッドに顔を埋め、国貴は押し殺した声で、だが確かにそう叫んだ。

布団にぎりぎりと爪を立て、国貴はそれを何度も叩く。

この感情の行き場を、どこに向ければいいのかわからない。

熱い思いが腹の中で渦巻《うずま》き、迸るのを待っている。

家のためだけに生きてきた国貴を感情が裏切り、別の何者かに変えようとしているのだ。

その行き先は自分自身にすらわからぬままだ。

ただ、遼一郎に焦がれる熱情だけが、この身のうちをのたうっている。

これはおぞましいほどに濃い、清澗寺家の血がもたらした運命なのだろうか。

あまりにも醜悪で耐え難い、長年にわたって醜悪さだけを培《つちか》ってきた濃い血の。

結局、どれほど望んだとしても逃げることなどできないのだ。国貴には、この家の重みから、呪縛から逃れることなど許されない。

この血は、父親を色狂いの淫乱だと内心で蔑んできた国貴に復讐している。

国貴は確かに――感じたのだ。

好きでもない男の愛撫に応え、彼の肉体を欲した。

まるで渇いた旅人が水を求めるように、その渇きが癒されるまで、何度も。

8

翌日、躰の痛みはさほどでもなかったが、出勤はなおさら気鬱《きうつ》なものとなった。

麻布の自宅から、三宅坂《みやけざか》にある陸軍省参謀本部まではそう時間もかからない。車を出すほどではないし、電車で通うことができた。

本来ならば、仕事を休んで真っ直ぐに遼一郎の部屋に行きたかったが、これまで皆勤《かいきん》に近い状態だったのに突然休めば同僚に不審がられる。遼一郎の部屋に電話はなかったし、近所の人間に呼び出しを頼んで話を聞かれるのも、また危険だった。

「清澗寺」

軋む躰を押さえながら歩いていたそのとき、不意に廊下で呼び止められて足を止める。

板張りの廊下がひときわ大きく軋んで、その音にも怯《おび》えを感じている自分自身を国貴は内心で嘲笑った。

「……斎藤さん。何か」

「内々に話があるのだが、ちょっといいか?」

カイゼル髭《ひげ》が自慢の上司に密《ひそ》やかな声で耳打ちをされて、国貴は全身が凍りつくような気配に襲われた。

まさか、遼一郎の件がばれたのか。

国貴の躰を手にした浅野が、用済みとばかりに情報を憲兵隊に売ってもおかしくはない。卑怯だとかそういう概念は浅野には存在せず、彼はただ己の望むべきことだけを為《な》す。

あの男は他人の下僕《げぼく》にはならないのだ。

「どのようなご用件でしょうか」

平静を装ってそう問い返すと、会議室へ来るように促される。惨めなほどに心臓が激しく脈打ち始め、国貴は激しい動揺に駆られた。

「顔色が優れないようだが、どうしたのか？」

問いかける上司に薄く口元を綻ばせて笑みを作り、国貴は首を振った。

「先日、出かけたときに傘を忘れて……それで、風邪を引いたようです」

「そうか」

彼はこのような世間話をするために、国貴をこの部屋に呼んだのだろうか。

訝《いぶか》る国貴の内心を見透かしたように、彼は口を開いた。

「じつは、ね」

肉厚の掌が国貴の肩を押さえ込むように力を入れてくる。そのじっとりとした体温にぞっとしたが、拒むほどの気概《きがい》も湧かなかった。

「縁談はどうかと思ってね」

「……は？」

思わず、間の抜けた声が漏れた。

「縁談だよ。君もそろそろ身を固める年だろう。私の姪《めい》が、ちょうど女学校を出たところでね。家柄としては君のところには劣《おと》るが、気だても良くて……」

危惧《きぐ》していた事態は、どうやら起きてはいなかったようだ。浅野も国貴を売り渡すような真似はしなかったと見える。

「勿体《もったい》ないお話を、どうもありがとうございます」

国貴は頭を下げた。

「ですが、私にはまだまだ結婚など分不相応です」

「心に決めた相手でもいるのか？」

「いえ、それはありませんが……家のことがごたごたしておりますし、今、身を固めたところで、妻となる相手に心労を負わせることになります。それはさすがに男として……避けたいことですので」

——男として。

そのあまりに詭弁《きべん》に満ちた言葉に、国貴は自嘲を向ける。

男としての矜持《きょうじ》があれば、あんな風に抱かれただろうか。遼一郎のみならず、浅野にも躰を許したりしたか。

「姪の家は事業で成功していてね。差し出がましいが、君の家を援助することもできる。何より、君は軍人として優秀だ。このまま埋もれさせておくには惜しい」

金の話を持ち出されて、一瞬心が揺らいだ。

「聞けば、君は金策に駆けずり回っているそうじゃないか。舘野《たての》子爵《ししゃく》は、私の旧友でね」

「……お恥ずかしいことです」

先日、借金を申し込みに行ったばかりの相手の名前を出され、国貴は羞《は》じらいに俯いた。

「そんなことばかりしていたら、仕事にも身が入らないだろう？　私としても、前向きに検討してくれると嬉しいんだが」

「ありがとうございます」

国貴はそれだけを吐き出すと、強張った笑みを作って斎藤の前から立ち去った。

本当だったら、もっと職務に励まねばならないのに、自分は家のために必死になっている。それを上司にさえ見透かされているのだ。

まるで相反する感情が国貴を苦しめる。

長く続いたあの家を、国貴の代で潰すわけにはいかない。しかし一方で、自分は社会体制そのものを破壊しようとする遼一郎に手を差し伸べようとしている。

その両方を選ぶことができないとわかっていながらも、どちらも捨てられない。

自分が矛盾した感情を抱いていることくらい、国貴は誰よりもよく知っていた。

これが他人に焦がれることだというのか。恋することだというのか。

早く帰りたい。一刻も早く、遼一郎に自分が手にした情報を教えなければ。

冷静さを失った自分自身が、ひどく愚かだと思う。だが一方で、どうあっても彼の安全を図らねばならぬと、危機感ばかりが募った。


右手でかたかたと扉を叩く。せわしい音を立てたところでそれが開く気配がなく、国貴は仕方なく声を上げた。

「遼」

返事はない。

「遼！　遼一郎！」

ややあって戸が開き、幼馴染みが顔を覗かせた。

彼は警戒をしているらしく、周囲に視線を走らせている。

「大丈夫だ。見張りはいないはずだ」

「……国貴様」

険しいまなざしを見せた遼一郎は、国貴の出現に複雑な顔つきになった。

「話がある。入れてくれないか」

「今更お話しすることなど、何もない。ここには来るなと言ったはずです」

「僕には話がある」

「俺たちが相容《あいい》れないことがわかったでしょう。いつまでもこの部屋に出入りしていれば、あなたまで仲間だと疑われかねない」

俺たち、と。彼がそうやって自分たちをひとくくりにしてくれることが、嬉しい。ただそこに、変えようのない断絶があることを示すためであっても。

「それでもかまわない」

彼は国貴の瞳にひたりとそのまなざしを向け、そして呆れたように首を振った。

「……どうぞ」

冷徹さを剥《む》き出しにしたとはいえ、遼一郎は、もはや国貴を拒むことはなかった。

狭苦しい遼一郎の部屋での変化といえば、ぎっしりと書棚に詰め込まれていた本の類が減ったことだ。むしろ、荷物をまとめているという状態に近いかもしれない。

逃げ出そうとしているのだろうか。

どこか遠くに、国貴のいないところへと。

胸が騒いだ。

文机《ふみづくえ》の上に書きかけの原稿のようなものを見つけ、国貴はそれに目を落とす。

それに気づいた遼一郎はその紙を裏返し、国貴の視線を遠ざけようとした。

「ここは危険です。あなたが俺の部屋に出入りしていることがわかれば、あなたまで危険思想の持ち主だと疑われかねない」

そうでなくとも、昨今は華族の子弟でも政治運動にかぶれる連中がおり、それを苦々しく思っている者も多い。

「僕なら大丈夫だ」

「どんなことにも例外はありません。このところ、急に官憲の捜査は厳しくなっている」

遼一郎は難しい顔つきでそう呟き、国貴の肩を摑んだ。

「あなたは清澗寺家の長男で、軍人だ。そんなあなたが俺のような活動家の人間とつき合っていると知れたら、酷い醜聞《しゅうぶん》になる」

「心配してくれているのか……？」

「心配？」

くすりと彼が笑う。

ひどく皮肉めいた、歪んだ笑みだった。

「俺にとって心配なのは、運動が成功するかどうかだ。あなたが下手な真似をすれば、こちらも命が危

「わかってる。僕はただの偽善者だ。今更、善人ぶるつもりなんてさらさらない」

たとえば自分は、町中《まちなか》で共産主義者を見かけても己の手を汚して摘発するような真似はしない。確かに外見は真面目な帝国軍人だろうが、自分のせいで他人に死なれるのは気分が悪い。それに、いずれ共産主義運動は瓦解《がかい》する。遅かれ早かれ、その男は死ぬだろう。

それをわかっていて引導《いんどう》を渡してやれるほど、国貴は国家という存在に盲信的に忠誠を誓えなかった。

自分は疲れている。ありとあらゆることに。

家も、国も、軍も、組織も、何もかも。

その中で初めて自分の心を潤してくれたのが、遼一郎の存在だったのだ。

「今日の用件は？」

「週末の会合の件は憲兵に知れている。集まるのはやめたほうがいい」

うくなる。それだけですよ」

「僕はおまえを死なせたりしない！」

絶対、誰にも、遼一郎を奪わせたりはしない。この男を国貴の手から失わせるわけにはいかない。

「あなたが何をおっしゃろうと、運動はやめません」

「他人の思想をそう簡単に捩じ曲げられるなんて、そこまで思い上がっていないよ。おまえが頑固なのは、僕にもよくわかった」

国貴はわずかに微笑んだ。こんなときまで微笑む余裕がある自分自身が不思議だった。

「ただ、僕は、おまえを失いたくないだけだ」

もっとも愛しいもの。もっとも美しいもの。国貴がこれまで知っている中で、遼一郎ほど大切な存在をほかに知らない。だからこそ、彼を守り続けようと決めたのだ。

「それが偽善だというんです」

遼一郎は押し殺した声でそう呟いた。

「――何？」

その言葉に、遼一郎の目つきが変わった。

「コミンテルンの極東委員会と接触した連中に会うんだろう？　知り合いに頼んで、捜査の情報を教えてもらったんだ」

「馬鹿なことを！」

遼一郎の声が叱咤《しった》の響きを帯びる。

「何を考えてそんな真似をするんですか！　スパイなんて……そんな真似を！」

肩を摑み、ひどく真剣な瞳で遼一郎は国貴を睨みつけた。

いつになく激しい語調で叱咤され、国貴は目を瞠った。やはり真っ直ぐな心根の遼一郎には、スパイなどという卑怯な真似は許せないのだろう。

「あなたは何もわかってない！　俺が……俺が、どんなに…っ…」

激昂《げっこう》するその声が途切れた。

「いいんだ。そのために僕に近づいたなら、好きなだけ利用すればいい。僕は苦労など知らない華族の子弟だ。おまえたちにしてみれば、憎いだけなんだろう？」

遼一郎の口元が奇妙に歪み、彼は笑みのようなものを作って国貴を見た。

「憎しみ――ですか」

「だって、そうじゃないか。おまえが……おまえみたいな人間が社会主義とか労働運動とか、そんなものに走るなんて、僕にはそれ以外の理由は思いつかない」

国貴に対して、彼は、いっそ虚ろともいえるまなざしをこちらに向けてくる。

「俺が憎んでいるものは……」

彼はそこで、言葉を切った。

そして、無造作に国貴に視線を投げる。

まるで刃物を突き立てられたかのように、心が痛んだ。

　こちらに向けられた遼一郎の視線が、何を意味しているのかわからなかったからだ。

「……憎いのは体制です」

　遼一郎の声の調子が微妙に変わるのを国貴は察知した。しかし、それを追及することはできそうにない。

「おまえたちの中には、暴力的な方法を取ろうとする連中もいるだろう。ああいう輩《やから》のことは、どう思っているんだ？」

「変えることができれば力も善です」

「民衆を犠牲にする気か！」

「変革に犠牲はつきものだ」

「馬鹿なことを言うのはよせ！　守るべき民のいない国など作ってどうする！　理想は確かに大切だが、理想に先走ればいつか人々はついてこなくなる。おまえだってそれがわかるだろう？」


滔々《とうとう》と思いの丈《たけ》を告げてしまってから、国貴ははっと口を噤《つぐ》んだ。

　いったい自分は、何を馬鹿なことを話しているのだろう。こんなことは釈迦《しゃか》に説法だ。遼一郎としては何度も仲間と話し合い、そして悩んできたことに違いない。

　命を懸けてまで、遼一郎を駆り立てる原動力は何なのだろう？

　のうのうと日々を生きる資本家階級に対する憎悪《ぞうお》なのだろうか。

　遼一郎は、国貴の後ろに何を見ているのだろう？

　特権階級、資産家、国家、軍。

　いずれの立場であったとしても、十二分に憎まれるだけの原因になる。

「──すまない……言いすぎた。とにかく、明日はくれぐれも注意してくれ。いいな？」

「そう簡単に、軍人の言うことを信じられると思いますか」

　遼一郎は自嘲気味に呟いた。

「遼……」

「軍人が持ってくる情報を信じて、逆に家にいるところを捕まるかもしれない。俺があなたの言葉を鵜《う》呑《の》みにできるほどおめでたいとでも、思っているんですか？」

　心臓を抉《えぐ》られたような衝撃だった。

　信じてもくれないとは。

　あんな思いをしてまで得た情報を、遼一郎は最初から疑ってかかっている。

　どうして、と言ってやりたかったが、喉元まで出かかったその言葉を国貴は堪《こら》えた。

　信用してもらえなくて、当然だ。二人を分け隔てていた時間はこんなにも長い。

　そう考えることで、国貴は己の心を掻き乱す感情をやり過ごそうとした。

　だいたい自分は、再会するまでの日々、遼一郎がどんな苦しみを味わってきたのかも知らなかった。自分の偽善者ぶりを、国貴は恥じることしかできない。

　資本家側の人間として、また軍人として体制側に与《くみ》する国貴は、こうして情報を持ってくることはできたとしても、何もかも擲《なげう》ってまで遼一郎に協力することはできない。そこまでの覚悟は決まっていなかった。

「僕にだって、それはわからない」

　国貴は苦しげに言った。

「だとしたら、僕が代わりに会場に行く。摘発されるのは、僕でいいだろう？」

　それで遼一郎が、自分を信じてくれるのなら。

「やめてください！」

　遼一郎が怒鳴る。

「あなたは……何もわかっていない。昔からそうだった」

「…………」

「どうしてご自分を大切にできないんですか？　そうやって、他人や家のために自分を投げ出すのは無駄なことだ」

きつく摑まれた肩に、彼の指が食い込んでくるような錯覚すら感じた。

「遼……」

「あなたは、馬鹿だ」

彼は国貴の腕を引き、その広い胸に力一杯抱き竦めてくる。腕の拘束は痛いくらいに甘く、そして辛いものだった。

あのとき遼一郎の体温など飽きるほど味わったはずなのに、こうして恋しい男の胸に落ちれば、壊れそうなほどに心が疼いた。

「——だって……ほかに、どうすればいいんだ……」

国貴はそう呟き、遼一郎の背中に爪を立てた。

「僕の望みは一つしかない。そのためなら、何だってできる」

スパイにだってなる。娼婦にも狗《いぬ》にもなる。

それで遼一郎が救われるならば。

「おまえが僕の躰を踏みにじることで満足するなら、それでかまわない。いくらだってこの躰を差し出すことができる。おまえが、それで……」

人間には人間を救えないと浅野は言い切ったが、国貴は未だに信じている。

遼一郎の心にある思想を追い出せないのなら、それを変えさせるために自分があまりに無力であるのなら、彼を救うための方策を確保しておかねばならない。

遼一郎が望むはずもないその行為は、妄念に近い国貴の自己満足だ。醜悪なまでのエゴイズムの発露だった。

しかし、そうでなければ遼一郎を永久に失ってしまうかもしれない。この男のぬくもりを永遠に失うのかもしれないのだ。

それだけは、できない。

この男を、たぶん……愛している。

国貴には遼一郎しか残されていない。彼だけなのだ。

愛情が理由で抱き締められたわけではないのに、勘違いしてしまいそうな自分が切なかった。つくづく馬鹿だと思った。

「どうやって、情報を手に入れたんですか?」

思っていた以上に険しい声で問い詰められ、国貴は首を振る。

「どうだっていいだろう、そんなことは」

見透かされることが怖くて俯くと、彼は鋭利なまなざしで国貴を一瞥《いちべつ》した。

「躰、ですか」

吐き捨てるように遼一郎は呟き、首筋に顔を埋めてきた。皮膚の上に熱い吐息を生々しく感じ、国貴は一瞬身を震わせる。

答えられないことが、肯定の証だった。

遼一郎が何かを呟くが、それはくぐもった音になるだけで、明確に言葉まではわからなかった。

「――約束をしてほしいですか?」

ようやく彼は顔を上げ、国貴の瞳を見据える。その瞳に宿る光を形容する言葉を持たぬ自分自身が情けない。

「それは、できることなら……」

「だったら、俺からも条件があります」

その冷たく硬質な声に、ぞくりと躰の芯から震えた。

「あなたには何を差し出すことができるか……教えていただきましょうか」

どこか自嘲を滲ませたその声音に、国貴はただそれを受け容れることしかできない。

遼一郎と約束することなど、無意味だ。彼はきっとまた国貴を裏切るだろう。

なのに、それでも彼の言葉に縋らずにはいられない。

国貴は手を伸ばし、遼一郎のシャツのボタンに指をかけた。

浅い眠りに引きずり込まれていた国貴は、人が動く気配に目を覚ました。

「高橋《たかはし》、俺が引き払うまで、ここには来るなと言ったはずだ」

「それがまずいことになったんだ！」

遼一郎の声では、ない。

「どうした？」

ぼそぼそと話すその声は、玄関のほうから聞こえてくるようだ。国貴はそっと身を起こした。

「大谷《おおたに》が、死んだ」

沈黙。

「——本当か？」

聞こえてくる遼一郎の声は、それとわかるほどに冷え冷えとしていた。

「首を絞《し》められた痕があって……。玉川上水《たまがわじょうすい》で見つかったときはまだ息があったけど、……病院で事切れたって」

「犯人は？」

「まだわからない。せっかく運動が軌道に乗り始めたってのに、冗談じゃない！」

「……まずいな」

「田中《たなか》さんもみんなも動揺しちゃって……今から来てくれよ！　おまえがいないと話にならない」

高橋と呼ばれた相手は、だいぶ興奮しているようだった。

「いや、今、人が来ている」

「女か？　何だよ、こんなときに！」

「よせよ。そういうわけじゃない」

「俺は、心配なんだよ。おまえ、この頃……変だ」

呟くような声音に、国貴はどきりとした。

「俺はいつも通りだ」

「けど、ちらっと聞いたんだ。おまえが……華族の家の使用人だったって」

「――今は関係ないだろう、それは」

「そうだけど……もうわかんないんだよ！　どうすりゃいいんだよ!!　あいつがいないなんて……」

「仕方がないよ、おまえが動揺するのもわかる。大谷はうちの金庫番だったからな」

遼一郎の落ち着いた口ぶりに、相手もようやく冷静になってきたようだ。

「とにかく、明日いつもの場所で落ち合おう。おまえが頼りなんだ、成田」

「わかった」


遼一郎がため息をつくのが、わかった。

当たり前だが、政治的な運動をするのには金がいる。小説や雑誌を出版して収益を得るのも一つの手だが、すぐに発行禁止の通達が出る世の中だ。それだけではあまりにも不安定で、賛同者からのカンパも必要だった。

遼一郎が国貴に近づいた目的は、活動資金を得ることだったのだろうか。

しかし現状では清澗寺家の財政はとっくに行き詰まっており、余力はまったくない。

やがて遼一郎がこちらに戻ってくる気配がする。国貴の傍らに座り込んだ彼は、長いあいだその場にとどまり、それでいて一言も発しない。男に背を向ける形で寝たふりをしていた国貴は、その息詰まるような沈黙に耐えた。

「……国貴様」

ささやかな声が、国貴の名を呼ぶ。

答えなど求めていないことを知っていた国貴は、黙って男の声を聞き流そうとした。

「国貴様……」

思い詰めたような声音に、どうしてこんなにも胸が痛くなるのだろう。

なぜ、自分たち二人の道はここまで違うものになってしまったのか。

一度別れた道は、もう二度と交わることなどないのだろうか……？

国貴には軍人になるほかなかった。放埒《ほうらつ》な父に代わってあの家を守るのは、長男である国貴の役目だ。

二人のあいだにある断絶の深さを測ることは、お互いにできはしない。それほどまでに、自分たちの進む道は離れてしまっていたのだ。


金策はなかなかまとまらなかった。


「……疲れたな」

外出から戻ってきた国貴は小さく呟く。

「今、和貴様をお呼びします」

「ありがとう」

内藤に和貴を呼ぶよう頼み、国貴は珈琲を片手にソファに座り込んだ。

この不景気で、清澗寺家の財産といえば広い邸宅くらいのものだ。父に事業の運営などできるはずもなく、家は傾く一方だった。

それでも粘り強く友人知人を回っているあいだに、弟の和貴を秘書として雇い入れてくれるという人物が現れたのだ。頭はいいのだがいつまでもふらふらと遊び回っており、素行も悪い和貴を引き受けてくれるというのだから、有り難かった。

「お呼びですか、兄上」

惰眠《だみん》を貪っていたのか、和貴はひどく不機嫌な様子だった。

「そこにかけなさい」

椅子を勧められて和貴は反発を表情に滲ませたが、彼は渋々そこに腰掛けた。

和貴が目を伏せると、その睫毛の影が彼の頬に落ちる。

「何かご用ですか」

「おまえの就職のことだ」

単刀直入に切り出されて、彼は不快そうにゆるゆると顔を上げる。

「就職？」

「そうだ。我が家の現状を知っているのであれば、このままふらふらしているわけにはいかないだろう」

「べつに……家のことなど」

「もしこの家がなくなったら、おまえはどうするつもりだ」

最悪の事態を想定し、国貴はできる限り厳しい口調で言い切った。

「おまえだって、生活能力がないままでは困るだろう。いい加減、ほかのことに目を向けたらどうだ？」

「だとしたら、男妾《おとこめかけ》にでもなって面白おかしく暮らしますよ。幸い、僕にはそちらの才能があるようだ」

享楽的な弟は、結局、国貴の苦労など何もわかってはいないのだ。この空虚な家を守るために、国貴はこれまでにどれほど多くのものを失ってきたことか。

幼馴染みとの絆《きずな》さえ断ち切られ、彼には蛇蝎《だかつ》のように嫌われている。それでもなお、連綿と続いてきたこの家を潰してしまう覚悟ができない。

家など捨てると遼一郎に言ったくせに、自分はまだ未練を感じている。その愚かしさには笑うほかなかった。

「僕は兄上のように、模範的な生き方なんてできないんですよ。頼りになる面倒見のいいご長男で、軍人として立派に成長あそばし、陸軍大学校卒業のあかつきには軍刀まで賜《たまわ》った。そういう申し分のない生き方は、僕には無理ですよ」

「だったら、頼りになる長男の意見に従ってもらおう。おまえの就職先を決めてきた」

「……なっ」

一瞬のうちに、和貴は気色《けしき》ばみ、その白皙《はくせき》の美貌に朱が走る。

「議員の木島淳博《きじまあつひろ》先生のところの秘書だ。木島氏とは面識があるだろう？」

「…………」

「秘書といっても、形ばかりのものだ。花嫁修業だと思えばいい。連絡先は内藤に教えてあるから、詳細は自分で聞くように」

「本気ですか」

「当たり前だ」

冗談でこんな話をするわけがない。これだって、国貴が頭を下げて紹介してもらったのだ。父の旧友の木島は裕福なこともあり、ほとんど役に立たないであろう和貴の就職も喜んで引き受けてくれた。

「それで兄上はここのところ、お帰りが遅かったというわけですか」

「……そうだ」

一瞬歯切れが悪くなったのは、和貴に見透かされているような気がしてばつが悪くなったからだ。

それだけではなかった。

浅野にこの身を売り、そして代わりに憲兵隊の情報を得ている。

このところは運動家と官憲が小競《こぜ》り合いを起こすことも多く、その情報は日々新聞の紙面をにぎわしていた。遼一郎たちの結社は危険性は低いと見られているのか、おかげで国貴と浅野が通じているという事実も、露呈《ろてい》を免れていた。

「なるほど。さすが献身的でいらっしゃる」

含みを持たせたその声音に弟は何か知っているのだろうかと疑問を抱いたが、訊き返す勇気は今の国貴にはなかった。

「わかりました。兄上の顔を立てましょう、たまには」

和貴はそう吐き捨てると、席を立った。

「明日、話を伺《うかが》いに行きます。それでいいですね？」

「ああ。木島氏には失礼な真似をしないでくれ」

「そこまでは約束できませんよ」

浅野のくれる情報は、遼一郎の役に立っているはずだ。

自分は、ただのスパイだ。

遼一郎のためという個人的な大義名分の下に、職場の同僚を、国を裏切っている。陸軍に背を向けているのだ。

たとえばそれは捜査の予定や、勉強会を一網打尽《いちもうだじん》にしようと憲兵隊が狙っているという、細々としているが大切な情報だった。そのおかげなのか、遼一郎たちの組織は今のところは摘発を免れている。

自分のしていることが正しいのか間違っているのか、国貴にはもはや判断がつかなかった。これは、ただの自己満足なのではないか。そう思うことさえある。

遼一郎のためにスパイ行為をしていることが白日《はくじつ》の下《もと》に晒《さら》されれば、国貴はもちろん、浅野の立場も危うくなる。国貴が守ろうと苦心してきたこの家さえも、立ちゆかなくなるかもしれない。

それでも傾倒していく。

遼一郎は少しずつ下宿を引き払う準備をしているようで、国貴はそのことに焦っていた。

その前に信頼を得なければ、彼はきっと、自分の前から永久に姿を消してしまうだろう。

この家を存続させるために必死になるのと同じくらいに、いや、それ以上に、国貴は遼一郎を守ることに懸命になっていた。

遼一郎の運動を助ければ、彼がブルジョワジーに抱く心証も、少しはましなものになるかもしれない。そう思うことで、国貴は自分を誤魔化そうとしていた。

9

窓から入る風は涼しく、秋の匂いがする。

いつものように出勤前に新聞に目を通していた国貴は、そこに載せられた記事を見て凝然《ぎょうぜん》とした。衝撃のあまり、心臓が止まるかと思ったほどだ。

『社会主義運動の首謀者、検挙さる』という大きな見出しには、浅野から寝物語に聞いた名前が挙がっていたのだ。

田中恒彦《たなかつねひこ》。

確か、遼一郎たちの運動の首謀者だ。新聞には、静岡《しずおか》県某所で新党設立のための企《くわだ》てをしていた三十数人が一網打尽にされたという内容が簡単な記事となっていた。

文字通り眩暈がして、国貴は新聞をぐしゃりと握り締めていた。

知らない。

全然知らない、こんなことは。

三日ほど前に浅野に会ったとき、当分は社会主義者たちを泳がせていくと言っていたはずだ。こんなに性急に大規模な検挙が行われるなんて聞いていない。

こんな大事なことを、何より国貴に伝えるべきことを、どうして浅野は黙っていたのか。

これまで国貴が与えられていた情報とは、その重要さは比較にならない。

浅野の情報を選別するのは、遼一郎の仕事だった。国貴はただ伝令のように、浅野の言葉を鵜呑みにし、遼一郎に伝えていたにすぎない。自分はそれらを理解し、区分する能力を持たなかったからだ。

だが、それを浅野が利用していたとしたら？

彼は最初から、遼一郎たちの組織に壊滅的な痛手を与えることを目標とし、国貴を利用していたとすれば。

そもそも、浅野が素直に国貴が必要としている情報を引き渡すだろうか。

遼一郎が自分を信用し、国貴の情報に頼るようになったところで、たとえば首謀者を捕らえて一網打尽にする。憲兵にしてみれば、これほど楽なことはない。

——冗談じゃない。やっと遼一郎が、国貴を信用してくれるようになったのだ。

そのとき不意に、執事が声をかけてくる。

「国貴様。お電話でございます」

「電話？　誰からだ」

「陸軍士官学校で同期だった、浅野様です」

国貴は慌てて立ち上がり、ドアを開けて階下へと急ぐ。電話機は一階のサロンに据えられており、国貴は受話器を摑んだ。

「もしもし?」

「清潤寺か」

電話の声はやけにざらついており、耳障りだった。

国貴が口を開く前に、男は言葉を繋いだ。

「さっき、成田がしょっ引かれた」

「何だって……!?」

「言葉通りだ。君もよけいなことをせず、自重しておくことだ」

「なぜ……どうして遼が……」

動転して、慣れた呼び名が口をついた。

「まだ取り調べの段階だから、詳しいことは言えない」

至極素っ気ない浅野の声が、鼓膜に突き刺さる。

「君の言うことなど信じられるものか!」

「俺を信用できないのなら、勝手にしろ。裏切り者の烙印《らくいん》を押されて、好きなだけ誹《そし》られるがいい。君が後生《ごしょう》大事にしているその家だって、援助してくれる先がなくなるかもしれないぞ」

叱責《しっせき》を帯びた声音で言われ、国貴はぐっと押し黙った。

「あの男のことは、俺が何とかしてやる。だから、その身が可愛いのなら、迂闊《うかつ》な真似はよせ。わかったな?」

「…………」

この場合は、浅野をおいてはほかに頼れる人間はいないのだ。彼を信じる以外に、国貴には道は残されていない。

「清潤寺?」

「——わかった。よろしく頼む」

こうして浅野に便宜《べんぎ》を図ってもらうだけでも、国貴は国家を、自分の所属する社会を裏切っているのだ。同胞《どうほう》に対する冒瀆《ぼうとく》であり、家族を危険に晒《さら》す行為でもあった。

こうなればもはや、浅野の言い分がどこまで正しく、どこまでが彼の策略なのかがわかりかねた。

あの男に自分は操《あやつ》られ、嵌《は》められたのか。それともこれは浅野にも誤算で、彼は本当に遼一郎と自分を助けようとしてくれていたのか……？

どちらの可能性もあり得るように思え、国貴はただ頭を抱えて考え込むほかなかった。

「国貴様、そろそろお時間では？」

ドアの向こうから内藤の控えめな声が聞こえ、国貴は「今行く」と返事をする。

遼一郎に会いにいきたいという感情に後ろ髪を引かれつつも、浅野に釘《くぎ》を刺された以上、下手な真似はできない。国貴は仕方なく立ち上がった。

心臓が今にも、音を立てて潰れてしまいそうだ。

「お顔の色が悪いようですが、何か悪い報せでしたか？」

「いや、そんなことはない。行ってくる」

どうすればいい……？

遼一郎は、これに懲りて運動をやめるだろうか。転向してくれるか。

しかし、彼の気質を考えれば、上から押さえつけたところで反発するのは目に見えている。思想を捨てることなど、万に一つもあり得ない気がした。

わかっているのだ。

遼一郎に安穏《あんのん》な生活を与えたいと願うのは、国貴の自己満足にすぎないのだと。

自分の持つ、何かを引き替えにすればいいのか。思いとどまってくれるのか。

躰でさえも役に立たない。自尊心も無意味なものだ。

何もできないだろうか。

落ち着かぬ気分のまま帰宅した国貴を迎えたのは、

門前にたむろしていた男たちだった。

「帰ってきたぞ！」

ざわめきが国貴を包み、写真機を持った連中がこちらめがけてどっと押し寄せてくる。

彼らが新聞記者だというのは、その服装や口調、そして既に見慣れた面々がいることからすぐにわかった。平素からくだらないゴシップを書き立てられることも多く、既に記者に囲まれていることにも慣れていたとはいえ、遼一郎の一件があるだけに、国貴は常ならぬ緊張を感じた。

いっときは取り繕《つくろ》うことを忘れかけたものの、国貴は平然とした素振りを装う。

「何か、問題でもありましたか？」

「いわゆる赤化《せきか》華族として、当局に監視されているという情報を得ましたが！」

「赤化……華族、ですか」

動揺を伏し、国貴はその言葉に冷笑すら浮かべて見せた。

いわゆる共産主義に共鳴し、運動に身を投じた華族の連中はそのように呼ばれている。いやしくも天皇を守るという大義を与えられているのに、君主制を否定する運動になど身を投じることは華族としての義務の放棄でもあった。

「いやしくも当家は華族であり、天皇陛下の藩塀《はんぺい》です。それが共産主義にかぶれるとでもおっしゃりたいんですか？」

「成田遼一郎をご存じですか？」

遼一郎の名前がここで出てくるのは、既に予想済みだ。

大丈夫だ。いつものように冷静を装えば。

国貴はそれを鼻先で笑い飛ばそうとしたが、そうもいかなかった。

「今朝方《けさがた》、大谷次郎《おおたにじろう》の殺人容疑で連行された、成田遼一郎です。彼はこの家の使用人ということですが」

殺人という生々しい言葉に足下が——この地球がぐらりと揺れるような錯覚を覚えた。

全身の血が凍りついたような気がする。

おまけに、大谷という名前には、聞き覚えがあった。そこでようやく国貴は、先日玉川上水に死体が上がったという、遼一郎の仲間のことを思い出した。あれは二週間も前のことのはずだ。

遼一郎に人が殺せるわけがない。

「確かに、当家には成田という名前の運転手はおりますが、それ以上のことを私は関知しておりません」

「それはおかしいんじゃないですか？　国貴さん、あなたはこの家の当主でしょう？」

「清澗寺家の当主は、私の父の冬貴です」

そう断言すると、記者たちから失笑が漏れる。羞《しゅう》恥《ち》に頬が熱くなる気がしたが、それを気取《けど》られてはつけ込まれる。

彼らに隙を与えてはいけない。


何のために、この家を守ってきたと思う？

なぜ、胸が潰れるような思いを味わいつつも、自分は軍隊に身を置いたというのだ。

こんなところですべてを台無しにするためではない。

指が震えた。

金属製の門扉《もんぴ》を摑み、国貴は振り返ることなく邸宅へと向かう。背後の人の気配が鬱陶《うっとう》しかったものの、その中にどうせ親しい相手などいないのだ。

扉を開けると、執事の内藤がおろおろとした表情で国貴を迎えた。今朝顔を合わせたばかりだというのにまるで十も老け込んだように見え、さすがの国貴もぎょっとしたほどだ。

「お帰りなさいませ、国貴様」

「内藤。あれはどういうことだ？」

「私もわけがわかりません。成田というのですから、あの運転手の倅《せがれ》でしょうが……」

それはわかっている。

「まったくあの疫病神《やくびょうがみ》め」

内藤は憎々しげに吐き捨てた。

「遼一郎は、人殺しをするような人間じゃない。そのことは僕がよく知っている」

「それは、国貴様が子供の頃しかご存じないからでしょう。早めに追い出しておいて良かった。今でもこの家に居着いていたら、いったいどんな真似をしでかしたことか！」

内藤の厳しい顔つきを見ていると、何も言えなくなってくる。

浅野に相談をしに行きたくとも、まだ門扉のあたりには報道陣がたむろしている。彼らにとっては、あわよくば清潤寺家が醜聞の一つでも提供してくれれば万々歳《ばんばんざい》なのだ。

「これはこれは……国貴兄さん。今頃お帰りですか」

自室から出てきた和貴は、階段を数段下りて国貴に向かって微笑んだ。

上品な仕立ての礼服は彼が好んで身に着けるもので、シルクのシャツも先日仕立てたばかりだ。その請求書が当然のことのように国貴のところに回され、それに苦慮《くりょ》していたのだ。

「和貴。出かけるのか？」

「ええ。夜会があるものですから」

彼は鬱陶しそうに前髪を掻き上げ、そして肩を竦めた。

「ふざけるな！　あれを見ただろう！」

柄《がら》にもなく怒気を露《あらわ》にし、国貴は弟を怒鳴りつけた。

「門の前に待ち構えてる記者どもに、記事を提供する気か？」

「それもまた一興《いっきょう》ですね」

怯むこともなく、和貴は薄く微笑む。

「いい加減にしろ、和貴。こういうときくらい、大人しくできないのか？」

「大人しく？　なぜ？」

素っ気ないほどのその切り返しに、国貴はむっとして弟の襟首に手をかける。摑み上げたその首は細く、陶器のように上質な白さを見せている。

「こういうときの行動が、我が家にどういう影響を及ぼすのか考えたことはないのか!?　今、迂闊《うかつ》なことをしてみろ！　何もかも台無しだ！」

自分は、結局、浅野の忠告を言い換えているだけだ。自分も浅野も所詮は保身しか考えていないのだ。

「台無しになるのは兄上のご尽力《じんりょく》でしょう」

皮肉っぽく口元を綻ばせたまま、和貴は堂々と兄を見据えた。

控えめな執事は「私はこれで」と言い残し、兄弟の確執《かくしつ》の現場から立ち去ってしまう。

「お言葉ですが、秘書の仕事を受けただけでも、かなりの譲歩をしたんです。これ以上、僕に何をしろと？」

「弟や家の者に恥ずかしくない振る舞いができないのか？」

「できるわけがない！」

和貴の声音はあまりに鋭く、まるで刃のようだ。さしもの国貴もそれに一瞬怯み、弟の美貌をまじまじと見据えた。

「和貴……」

「家などどうなってもいいと言っているでしょう。父上を見てみればいい。あれが体裁《ていさい》を気にする人間のすることですか？」

穏やかだが厳しい弟の糾弾《きゅうだん》に、国貴は言葉をなくした。

「もうどうでもいいんです……何もかもが」

不意に、和貴の声音が弱いものに変わる。弟のこんな姿を見ることは初めてで、国貴は胸を衝《つ》かれたような気分になった。

――そうだ。

いつから和貴は、こんな人間になってしまったのだろう……？

幼い頃の彼は、よく笑う明るい子供だった。たとえば、今の道貴のように天真爛漫《てんしんらんまん》で無邪気で、国貴も彼を可愛がっていたのだ。

けれども、国貴が全寮制の陸軍幼年学校に入った頃からだろうか。

気づけば和貴は皮肉めいた言葉ばかりを吐く、可愛げのない少年へと成長していた。

国貴が知らない月日を、和貴はどうやってこの家で過ごしていたのか。

「兄さんは馬鹿だ。あなたはこの家に縛られていて、一生、自由になんてなれない」

それでもいいと思っていた。

自分の代でこの家を滅茶苦茶にすることができるわけがないと。

まだしがみついている。溺れる者が、最後のよりどころを失わないようにと、必死で。

「――おまえの言い分は、わかった」

国貴は唇を噛む。

結局、清澗寺家などというものは、和貴にとっては邪魔な足枷《あしかせ》にすぎないのだ。

きっと彼にしてみれば、こんなものを守ろうとする国貴はただの愚か者にしか見えないのだろう。

「いいだろう。どこへなりと出かけなさい」

国貴だけがこの家にこだわって、自分だけが呪縛《じゅばく》されている。

笑ってしまうくらいに必死になって。

何のために、国貴はこうして……すべてを押さえつけてきたのだろう。

恋心さえも忘れようとしてきたのだろう。

絶望という簡素な言葉にすべてを代替させるつもりはない。だが、国貴は確かに憔悴《しょうすい》しきっていた。

留置場の空気は冷え切っており、おまけに饐《す》えたような独特の臭いがした。

浅野の話では、遼一郎の取り調べには特高《とっこう》――特別高等課《とくべつこうとうか》があたっており、殺人の容疑者というより思想犯として扱われているのだという。

「こちらです」

先導する警官は、陸軍中尉である国貴に一応の敬意を表してはいたものの、身に纏《まと》う空気からは好奇心の匂いがぷんぷんと漂っている。

浅野の頼みでなければ、留置されている思想犯を国貴に会わせてくれることはなかっただろう。このときばかりは、浅野の政治力に感謝しなければならなかった。

「……寒いな」

小さく呟く。


「大丈夫か？　顔色が悪いぞ」

同行した浅野も、国貴の暗い顔つきに気づいたらしい。

「いや、特に問題はない」

そうか、と呟いた彼は、そこで足を止めた。

「俺はここで待っているから、あとはそちらに案内してもらえ」

「わかった」

「今生《こんじょう》の別れになるかもしれないからな。じっくり名残を惜しんでくるといい」

浅野は最後まで皮肉を忘れなかった。

彼には、いくつも借りが増えていく。

あれから浅野に事件のことを子細に聞き、国貴は遼一郎が無罪であることをほぼ確信していた。何より、犯行時刻と推測される時間帯には、遼一郎には不在証明がある。

彼は国貴と一緒にいた。互いの膚を重ね、体温を味わっていたのだ。

　だが、国貴としても、それを訴えれば己の立場を危うくするのは明白だ。浅野にも釘を刺されているし、下手をすると遼一郎に不利になるかもしれない。

　今の国貴の立場は微妙だった。

　職場の連中は国貴を庇ってくれたが、上官の斎藤はさも申し訳なさそうに見合いの件をなかったことにしてくれと言ってきた。今回の事件は関係ないが、と注釈まで添えて。

　遼一郎の一件には国貴は無関係なのだから、これまで通りに頑張れば陸軍での地位も変わらないとも言われたものの、そんなことは、もはやどうでもよくなりつつあった。

　一つ一つの歯車が狂い始めている。

　この胸の中に棲《す》みついた感情を何と名付ければいいのだろう。それは孵化《ふか》を待つ卵のように、国貴の心中でずっと暖められている。


「もうすぐです」

　場内は冷え切っており、仕切の中には数名ずつが収容されている。そのうちの一角は、活動家の留置されている場所なのか、明らかに様相が違った。

　まるで襤褸《ぼろ》切れのような塊が、床に直に横たわっている。それは血で薄汚れた男で、見開いたままの瞳には生気がなく、どんよりと濁っているように見えた。

　拷問のなれの果てだろうか。

　遼一郎もこんな姿になっているのか。

　たとえどんな結果であろうと直視するつもりだったが、そう思えば足が竦みそうになる。

「こちらです。――おい、成田！」

　一番奥の仕切の内側で、遼一郎は床に座り込んでいた。虚ろなまなざしはぞっとするほど生気がなく、顔は腫《は》れ上がっている。

　激しく殴られたのだろう。

破れたシャツには大きな血の染みがこびりついている。

思わず鉄格子《てつごうし》に駆け寄った国貴の足音に、遼一郎がゆっくり視線を上げた。

「……国貴様」

ひどく乾いた声だった。

「久しぶりだな、遼」

「何のご用ですか」

「おまえの無事を確かめに来た」

国貴の視線を避けるように、遼一郎は立ち上がって狭い留置場の中で奥へと移動する。片足を引きずるその様子は、拷問の苛烈《かれつ》さを物語っているようだ。

それが、遼一郎がかつて勤めていた書店の店員の姿を彷彿《ほうふつ》とさせた。

「怪我はないのか」

喉元まで迫《せ》り上がる不吉な感情を、国貴はすんでのところで抑え込み、冷静な口調で聞いた。

「ご覧になればわかるでしょう」

「こちらに来てくれ、遼。おまえの顔が見たい」

国貴の囁きに対し、返答はない。

「遼」

じつに辛抱強く、国貴は遼一郎の行動を待った。

仕方がなさそうに息を吐いた遼一郎は身を起こし、こちらに近づいてくる。すっと背筋を伸ばした遼一郎は、格子の間近に立って国貴を見下ろした。

「遼……」

「どうしてこんなところへ来たんですか」

小声ではあったが、詰問と叱責を帯びた遼一郎の口調に、国貴は一瞬怯む。

「——確かめに来たんだ。おまえは人殺しなんてしてないだろう？　おまえはそんなことをできる人間じゃないはずだ」

答えはない。

「教えてくれ。悪いようにはしない」

「なぜそんなことを聞くんですか……?」

「おまえを助けたい」

国貴はそう囁いた。

「あの日、おまえは僕と一緒にいた。おまえに人を殺せるわけがない」

「それをあなたが証明すると?」

いや、それはできない。

遼一郎を助けたいとは思っているものの、自分が彼と男色《だんしょく》行為に耽《ふけ》っていたとは、さすがに供述できない。

「——あなたには無理だ。もう金輪際《こんりんざい》、俺のことなど忘れたほうがいい」

国貴の逡巡《しゅうじゅん》を見透かしたのか、遼一郎は微かに笑った。

「嫌だ……!」

忘れることなんて、できない。出会わなかったことになんてできるわけがない。


国貴には遼一郎の存在が刻み込まれてしまった。心にも、躰にも、余すことなく。

手を伸ばし、鉄格子を摑む遼一郎の指にそっと触れる。ひどく冷えた指に、その手に、国貴の体温を分け与えたかった。

「俺が何を憎んでいるのか、忘れたのですか……?」

ずきりと心臓が疼く。遼一郎が憎むのは、他人を救えると思い込む、国貴のこうした傲慢さだろう。

「それでも僕は、絶対に助けてみせる」

そう囁いた国貴を見て、遼一郎は何かを言いたげな表情になる。しかし、警官がこちらに近づいてきたせいか、彼は唇を引き結び、触れていた指を乱暴に離した。

「清澗寺中尉。そろそろ」

「今、行きます」

たかが数分の会見さえもままならず、国貴は未練を残してその場をあとにした。

これが最後になるのだろうか。

もう二度と会えないのか？

——嫌だ。死なせたくない……！

遼一郎が常に死と隣合わせのところにいることを、国貴は初めて実感した。

このままでは——彼は死ぬ。

案内をしてくれた警官に礼を告げて別れると、浅野は出入り口の近くで悠然《ゆうぜん》と煙草を燻《くゆ》らせており、国貴を見て口元を綻ばせた。

「どうだった？」

「憲兵は拷問も得意分野なんだろう？」

吐き捨てるように呟く国貴に、浅野は珍しいものでも見るかのような視線を向けた。

「あの男は特別に口が堅いと評判で、特高も躍起《やっき》になっている。こちらとしては、死体にするのは避けてほしいと思っているがね」

拷問の果てに嬲《なぶ》り殺されたとしても、文句は言えないというわけか。

早く助けなければ。どんな卑怯な手だてを使ってもいい。あの独房から遼一郎を解き放たなくてはならない。

一刻の猶予《ゆうよ》もなかった。

「さて、そろそろ借りを返してもらおうか？」

まるで死刑宣告をする裁判官のように冷たい声音が、国貴の鼓膜をくすぐる。

彼が求めているものが何なのか、国貴にはわかっていた。

「……ああ」

逃れることなどできない、この運命。

解けぬ鎖のように絡みつく。

「それは、こちらも和貴君の就職の件では手助けはできたがね。だが、思想犯の釈放まではな……」

木島淳博は嘆息するように言い、国貴を見据えた。

木島は父の冬貴の昔からの友人で、先だっては和貴の就職を引き受けてくれた人物だった。民権派《みんけんは》にも理解を示す政治家として国民に人気があり、軍部を批判することもなく中立を貫いている。彼の政治力で何とかならないだろうかと思ったが、やはり政治犯である遼一郎の釈放は難しいようだ。

「しかも、容疑は殺人だろう？」

「そんなものは、でっち上げに決まってます」

「だが君には、それを否定するだけの材料がない」

その言葉に、国貴は返答に詰まった。

特高が欲しかったのは、遼一郎を連行し、あわよくば始末するための口実だ。留置場で彼が思想犯として扱われていることを見れば、一目瞭然《いちもくりょうぜん》だった。ゆえに、殺人の容疑さえ晴らせば遼一郎は釈放されるはずだ。だが、国貴にそれができない以上は、別の方策を探すほかない。


政財界から軍部を動かそうとした自分の目の付け所は、悪くないはずだ。だが、相手が憲兵や特高では、そう簡単に手出しできないというのが実情だろう。

無論、いくら憲兵が残忍で反体制運動の壊滅《かいめつ》のためには手段を選ばないとはいえ、遼一郎は運動の幹部ではない。そう簡単には殺されないはずだ。

しかし、遼一郎たちのグループ内部の仲間割れや対立も指摘されており、特高と憲兵はそのことを重く見ている。おかげで遼一郎の留置は長引いており、それがなおのこと国貴を不安にさせた。

獄中で彼が病死しようが事故死しようが、憲兵や警察のあずかり知らぬところだ。長期にわたる留置が、遼一郎の心身に与える影響は計り知れない。

「そういえば、冬貴君は元気かね？」

父の名を出されて、国貴は苦笑した。

「ええ、相変わらずですが」

「こういった件は、秘書の伏見に相談してみてはどうだい？　あいつは頭も切れるし、有能な男だ。何かしら意見をくれるとは思うがね」

遠回しに帰宅を促されたのかと、国貴は失望を露にしたが、木島はその顔色を的確に見抜いた。

「伏見なら、政財界に顔が広いだろう。軍の上層部にも顔が利くはずだ」

意外な言葉だった。

「そう、なのですか……？」

「伊達《だて》に帝大出ではない。相談するのも悪くはないと思うがね」

最良の手段とも言い難いが、今は藁《わら》にも縋《すが》りたい心境だった。

「わかりました。無理を言ってしまって、申し訳ありませんでした」

「力になれなくて本当にすまなかったな」

方策をえり好みしていても、遼一郎を救えない。

あの男に命をみすみす捨てさせることになる。

ただ手をこまねいて、遼一郎が断罪される場面を目にするわけにはいかない。

誰にもそんなことはできない。殺させたりしない。自分から遼一郎を奪う人間を、絶対に許しはしない。

やっと出会えた。やっと取り戻した。

日々が過ぎるごとに思慕《しぼ》は募り、この皮膚を食い破って情熱が迸りそうだ。

遼一郎を助けようとすることに東奔西走《とうほんせいそう》する己が、馬鹿げているとすら思えても、それでもやめることができなかった。

車を出そうという木島の言葉を丁重に断り、国貴は徒歩で邸宅を出た。

腹は決まっていた。

伏見に頭を下げるのと浅野にそうするのとでは、どちらがましか。

結論としてはその程度の差異だろう。

国貴にしてみれば、どちらも屈辱的な事態であることには変わりがない。ならば、より強い力を持つほうを選ぶのが合理的というものだ。

我が物顔で清澗寺家を歩き回る伏見のことは、どうあったとしても気に入らない。とはいえ、今ひとつ浅野を信用しきれないのなら、伏見に頼るしか手段はほかにないのではないか。

遼一郎は人を殺せるような人間ではない。しかし、それを声高に訴えたところで、聞いてくれる者などいはしないのだ。

だとすれば、このプライドさえも投げ捨てて、伏見に遼一郎を助けてくれと懇願するほかない。

全部、何もかもなくしたら、遼一郎は心を開いてくれるだろうか。

家も自尊心も地位も名誉も、何もかもすべて。

この命さえも、投げ捨てれば。

帰宅した国貴は、執事の内藤に伏見が訪問していることを確かめてから、真っ直ぐに父の寝室へと向かった。

固く閉ざされた扉の向こうからは、声一つ漏れることはない。が、まだ十時前だ。父か伏見のどちらかは起きているだろう。

そう思って国貴が扉を叩くと、「誰?」という寝呆《ぼ》けた冬貴の声が聞こえてきた。

「国貴です。伏見の小父様はそちらにおられませんか」

「義康……? ここにはいないけれど、何か?」

父が嘘をついているわけではなさそうだ。

「わかりました。お邪魔して申し訳ありません」

国貴がそう言って自室へ戻ろうとした途端、階段の方角から「私に何か用かな」という伏見の低い声が聞こえてきた。

「あ……」

咄嗟《とっさ》のことに、言葉が出ない国貴を見て、伏見は皮肉っぽく微笑んだ。彼の髪はいささか乱れていたが、それがまた、伏見の男ぶりを上げる小道具のようにも見える。

「君が私を捜《さが》すとは珍しいね」

「話があるんです。お時間をよろしいですか」

「ああ。どうせ泊まるつもりだったしね。冬貴の部屋でいいのか?」

「……いえ。できましたら僕の部屋か、下のサロンにしていただきたいのですが」

あくまで硬い口調だったが、伏見は気にする様子はまるでなかった。

「だったら、君の部屋を見せてもらおうか」

「どうぞ」

扉を開けて彼を導くと、伏見はもの珍しそうに国貴の部屋を見回す。

「几帳面《きちょうめん》なのは、母上の綾子《あやこ》さんに似たんだろうね。冬貴の部屋とは雲泥《うんでい》の差だ」

「父と同列にしないでください」

「手厳しいな。君は冬貴の血を引いているのに」

男はそう呟き、勧めてもいないのに勝手にソファに座る。それを見てため息をつきたくなったが、そうしないだけの理性は残っていた。

「本日、木島さんにお目にかかってきました」

「ああ、元気だったか?」

「ええ」

とても、と相槌《あいづち》を打つ。

その意味のない言葉が途切れた瞬間から、しばしの沈黙が生まれた。

空気はずしりと重く、国貴は相手の次の言葉を待つ。しかし、伏見はしたたかなもので、その空白のあいだも腕組みをしたまま、言葉を発することはなかった。

重圧に負けたのは、国貴のほうだった。

「——運転手の、成田の息子をご存じですか?」

「遼一郎か。聡明な子だったのは覚えているよ。確か、君の幼馴染みだったね」

「成田遼一郎は今、殺人事件の容疑者として警視庁に留置されています」

「それで?」

「彼の釈放の件を木島先生にお願いしようとしたのですが、上手くいきませんでした。ですが、小父様でしたら何か方策をご存じではないかとおっしゃっていて」

嫌な話題を早く終わらせようと一息に告げたが、伏見は肩を竦めた。

「人を殺したのであれば、裁《さば》きを受けるのは当然のことだ」

「遼一郎は無実です」

伏見は肩を竦め、目前に立って己の顔を見下ろす国貴をじっと見据えた。

「赤化華族との噂を立てられたのも、彼のせいだろう。君も、物好きなことだな。成田の息子が無実だと、証明できるのか?」

知っていて、情報を引き出そうとしていたのか。つくづく嫌な男だった。

「確かに彼は社会主義運動に手を染めていますが、人を殺せるような男ではありません」

国貴はそう言い切った。

「それはどうかな。信義のために人の命を奪える人間だって、世の中にはごまんといる。いくら君でも、戦争が起きれば人を殺すだろう」

そうやって理詰めで言われれば、国貴としても反論できなかった。

だが、それは信義ではなく大義の問題だ。少なくとも国貴にとっては、両者は厳然と区別されるべきものだ。

「だいたい、君はどうして成田が反体制運動なんてものに手を染めたか、聞いたことはあるのか？」

「……いえ」

「おかしいと思わないか？　幼馴染みに華族がいるのであれば、もっと資本家階級に好意的になると思うがね」

痛いところを衝かれて、国貴ははっとした。

「私だったら、こう考えるね。親しい人間がいてもなお運動を続け、華族を憎むのであれば、それは……華族に個人的な嫌悪《けんお》感があるということじゃないのか？」

「――遼一郎は、そこに好悪《こうお》の感情を持ち込む男ではありません」

そう言いながらも、声が震えそうになる。

遼一郎の抱いている、華族への憎しみ。

それが、もし――等しく国貴にも向けられているとしたら？

それでも自分は、遼一郎を助けるのか。

考えないようにしていた疑問が、脳裏に蘇る。

「ならば義憤《ぎふん》か？　そういう男は、一度助けてやったところで何度でも同じことを繰り返す。犬死にするだけだ」

言葉などなかった。

「諦めろ。所詮君の決意など、私がこうして揺さぶったくらいで霧散《むさん》するものだ」

そんな伏見の言葉が、国貴の心に楔《くさび》を打ち込もうとする。

では、遼一郎を諦められるか？

憎まれているからといって、遼一郎を失うことを諦観《ていかん》できるか？

駄目だ。嫌だ。

そんなことはできない……。

「でしたら、あなたは無実の人間を救うことさえできないとおっしゃるんですか？」

攻め方を変えた国貴を見て、伏見はおかしそうに目を細める。

「なに？」

「お願いします。もしあなたが方策をご存じだったら、遼一郎を救ってください」

国貴は躰を二つに折り、伏見に向かって深々と頭を下げた。

なぜこんな男に頭を下げなくてはいけないのか。浅野といい伏見といい、まるで国貴の自尊心を踏みにじることを愉《たの》しんでいるかのようだ。

「そんなに大切なのか？」

「……え？」

「毛嫌いしている私に、君が頭を下げるほど」

痛いところを衝かれて、国貴は下を向いたまま唇を噛んだ。

「私と冬貴のことを軽蔑しているのだろう？　それでも頭を下げるのか？」

「自尊心など、とうの昔に捨てました」

国貴は呟く。

「その必要があるのなら、何百回でも、何千回でもあなたに頭を下げます。それで、遼一郎を救える手だてが見つかるのなら」

そんな国貴を見て、両手を組み合わせた伏見は肩を竦めた。

「だったら、自尊心を捨てたところを見せてもらおうか」

冷淡な声音だった。

「頭を下げるだけなら、動物にもできる」

「でしたら、どうしろと……？」

「土下座でもしてみたらどうだ」

胸の奥でちかりと、火花が散ったような気がした。

この男に、よりによって父の愛人に土下座をしろというのか。

国貴は唇を噛み締めていたが、伏見の要求に応えねば遼一郎を助けることなどままならないのだと思い返す。

その場に跪《ひざまず》き、国貴は両手を床に突いた。

「どうした?」

揶揄するような声に促され、国貴はゆるゆると肘を曲げる。額を絨毯《じゅうたん》に擦《こす》りつける。

「お願いします」

下を向いているせいで声はくぐもっているが、伏見の元には届いただろうか。

長い時間が経ったような、気がした。

「——いいだろう。顔を上げたまえ」

声音に優越を滲ませ、伏見は言った。

「証拠もなく、自白もしていないのだろう? 留置期間も限度があるし、これ以上留置するのは、特高にも無理だろう。釈放は簡単なはずだ」

「本当ですか……?」

顔を上げ、国貴は伏見を凝視《ぎょうし》する。

「頼んでおきながら、私を疑う気か?」

「いえ」

「だが、釈放されたところで、転向しなければ元の木阿弥《もくあみ》だ。仮に転向したところで、理由をつけられればまた引っ張られる。一度特高に目を付けられれば、死ぬまで怯えて暮らさねばならない」

それが、問題だった。

「それに、まだ犯人は捕まっていないのなら、下手をすれば同じ理由で連行されることもあり得る」

今、遼一郎を釈放させることはできるだろう。しかし、彼の未来はどうなるのか。

その場しのぎの言い逃れができたとしても、憲兵がその気になれば遼一郎は再び捕らえられてしまう。

もっと確実な方法で、遼一郎を運動から引き離さなくてはならなかった。

「君が自尊心も何もかも捨てたとしても、成田遼一郎を救うことはできない」

まるですべてが自己満足だと言われているようで、国貴の心は揺らいだ。

家か、遼一郎か。

こうも立場が違う以上、最終的には、いつか選ばねばならない日が来る。

全部捨てなければ、国貴の欲するものは手に入らない。

「それでも、何かできるはずです」

「馬鹿げた夢など捨ててしまったほうが楽になれるだろうに」

「そう簡単に、人の命を諦められません」

国貴は呟いた。

諦められるものならば、とうに諦めている。

この恋心ごと、葬《ほうむ》り去っているはずだった。

10

「……来るわけがないか」

時刻は午後七時過ぎを指している。

どこからどうやって圧力をかけたのか、伏見に話をした数日後には、遼一郎は証拠不十分のままに釈放された。

そこで逢い引きよろしく遼一郎に手紙を書いて人に届けさせたのだが、彼が約束の時間に現れる気配はなかった。

もうこれ以上の迷惑をかけるつもりはない。だが、最後に一目会いたいと。

そうやって遼一郎に手紙をしたためた国貴は、半分は彼は来ないだろうという諦めのうちに身を置いていた。

それでも来てくれるのであれば、遼一郎の内側に、国貴に対するほんの一片の情が残っているということだろう。

昔のままの遼一郎だろうと、今の遼一郎だろうと、関係ない。彼の内側にはまだ、国貴に対する優しさが残されているということなのだから。

映写室では先ほどまでフィルムが回っていたため、ひどく暑い。

馴染みの料亭に遼一郎を呼びつけることもできたものの、彼が憲兵の監視下にあるとすれば厄介だ。それどころか、憲兵の尾行がないとは考え難かった。

考えた末に国貴は、知人が映写技師を務める活動写真館に彼を呼び出すことにした。遼一郎に尾行がついていたとしても、誤魔化せるのではないかと考えたのだ。

そこでがたりと扉が開く音がして、国貴は躰を強張らせた。

愚かしいことだったが、振り返るのが、怖い。そこにいるのが遼一郎でなかったらと思うと、国貴には確かめることができなかった。

「国貴様」

懐かしい声に、国貴は緊張を緩めて振り向いた。

「遼……来てくれたのか」

次の上映まで、あと三十分ほどある。気を利かせて技師が席を外していたため、この場にいるのは二人だけだった。

二週間ぶりに顔を合わせる遼一郎はやつれてはいたが、傷も治っているようで、五体満足だった。奇跡といってもいいだろう。

あれ以上の怪我をさせられてはいないだろうか。拷問で、彼の精神は、肉体は、痛めつけられてはいやしないか。そればかりを心配してきたのだ。

「こんなところに呼び出して、何の用ですか」

「すまないが、あまり時間がないんだ。手短に話をしたい」

「お目にかかるのは、これで最後というのは、間違いがありませんね？」

最初に念を押すように問われて、国貴は頷く。

「……転向はしないのか」

「転向？」

国貴の言葉を、遼一郎は鼻先で笑い飛ばした。

「男が一度心に決めたことを翻すことはできないと、話しませんでしたか」

どうして彼は。

こんな風に、力強い瞳で理想を語るのだろう。

いっそのこと、自分がそれについていける立場であればよかった。彼の情熱に、この命と躰を捧げることができれば。

だが、どう足掻《あが》いたところでそれは無理な相談だ。

国貴が清澗寺家の長男である以上は、そして参謀本部の中尉である以上は、この螺旋《らせん》からは永遠に抜け出せない。

それでも、この男が死ぬところだけは見たくない。彼がこの地上から失われることなど、あってはならなかった。だからこそ、何の将来もない社会主義運動に邁進《まいしん》させることはできない。

「どうあってもやめないんだな」

「ええ」

「死んでも、か？」

「そうです。あなたともあろう人が、ずいぶんと物わかりの悪い」

国貴は遼一郎の精悍な顔を見つめ、そしてゆっくりと手を伸ばした。

ぴたり、と。

銃口は遼一郎の眉間を狙っていた。

「何のつもりですか」

「おまえを殺して、僕も死ぬ」

「……なぜ」

「こうする以外に方法がないからだ」

護身用のピストルは私物であり、それを携帯することは滅多になかったが、今は実弾が込められている。この至近距離で撃《う》ち込めば、遼一郎は間違いなく即死するだろう。

「おまえの命だ。どうするかは、おまえが選べ」

奇妙なほどに、自分は冷静だった。

汗が滲むのは映画の機器の熱のせいか。

「今ここで、俺が嘘をつく可能性を考えていないのですか？　命が惜しくて、その場しのぎの嘘で運動をやめると言い出すかもしれないでしょう」

「おまえには、ほとぼりが冷めるまで外国に行ってもらう。今すぐにだ」

国貴の返答はにべもなかった。

いつ捕まってもおかしくない遼一郎には、一刻の猶予《ゆうよ》もない。この国にとどまればとどまるほど、危険は増す一方だ。

「外国……？」

「今回釈放されたのは、運が良かっただけだ。真犯人が見つからないままおまえだけが釈放されたら、仲間にも官憲と取引をしたと思われても無理もないだろう。おまえは仲間から裏切り者と思われても仕方がないはずだ」

「俺は仲間を信じています」

「リーダーの田中、だったな。あいつはただの世間知らずだ。留置場にぶち込まれて取り調べを受けたショックで、釈放された今も入院してるそうじゃないか。そんな奴が今更、おまえを信じたりするものか。疑心暗鬼《ぎしんあんき》になって私刑《リンチ》でもするのが関の山だ」

何でもする。遼一郎を生かしておくためならば。

たとえそれがどれほど醜悪な手段であっても。

「おまえに時間なんてないんだ。ことは一刻を争う」

「よく調べておられる。が、できることは口約束だ

けです。俺は絶対にあなたを裏切るでしょう」

「明後日の船の切符と、旅券は用意した。これ以外に必要なものはないはずだ」

「用意周到なものですね。だが、そうやって俺の意思を変えられると？」

口元に浮かべられたその皮肉な笑みに、国貴は怯むことはなかった。

否《いな》、今更怯んでいられるものか。

「これは命令だ」

「命令？」

小馬鹿にしたような響きだったが、国貴の固い決意を翻すことなどできなかった。

「おまえは、社会主義運動に身を投じて死ぬつもりなのか？」

「理想のためになら」

思想は阿片だと語ったのは、あの浅野だ。憲兵として多くの人間を取り調べてきたであろう、彼の言葉は正しいのかもしれない。

「そんなことは許さない」

国貴はそう言い切った。

「なぜですか……？」

皮肉げに彼が口元を歪める。

「僕のためだけに、おまえは命を懸ければいい。くだらない運動のために犬死にさせたりするものか」

遼一郎は怪訝そうな瞳で国貴を見つめた。

「約束したはずだ」

今や幻のように遠い過去を振り返る国貴は、愚かなものだろう。だが、同じように遼一郎もまた馬鹿げた妄念《もうねん》に突き動かされているはずだ。

「まだ、覚えていたのですか」

「当然だ」

声が震えていることを、気取られぬように。ぎりぎりの配慮を加えながら、国貴はそう口にした。

遼一郎もまたあの約束を覚えていてくれたことが

嬉しいが、それに喜んでいる場合ではない。

「おまえを殺させない。――何があっても、おまえだけは死なせたりしない」

その裏にある国貴の悲痛な覚悟を、遼一郎は永遠に知ることはないだろう。

「わかったなら、一緒に来るんだ」

「人に銃を突きつけて他人の意思を曲げさせるとは、あなたらしくない」

「どこまでが僕らしくて、どこまでが僕らしくないか……そんなこと、おまえは知らないだろう？　変わったのはおまえだけじゃない。僕だって変わる。それだけだ」

「随分な言い草ですね」

遼一郎の口元によぎった笑みは、ひどく冷たい。

「裏口に車を待たせている。撃たれたくなかったら、一緒に来い」

「――確かに、変われば変わるものだ」


そうだ。おまえは知らなかっただろう？

これが国貴の内側から迸る恐ろしいほどの激情だった。この心も躰も焼き尽くし、支配しようとする情熱は毒のように熱い。

優しいだけの主君になんてなれない。暴君になることで遼一郎を救えるのなら、その道を選ぶ。それどころか、彼の命のためであれば、どんな傲慢な人間にでもなれた。

遼一郎は諦めたように息をつき、国貴に半ば小突《こづ》かれながら映写室をあとにする。廊下の奥に従業員用の裏口があるというのは、懇意《こんい》にしている職員から既に聞いていた。

外にはタクシーを待たせてある。そこから駅へ向かい、新橋《しんばし》発の夜行で神戸《こうべ》へ行く。海外への定期船は横濱《よこはま》からも出ているが、そこでは仮に手配されればすぐに捕まってしまうだろう。神戸から一度上海《シャンハイ》に渡り、そこで足跡を消させればいい。

まるで子供じみた、穴だらけの馬鹿げた計画だというのは自覚があった。しかし、今の国貴にはそれだけを考えるのが精一杯だった。

「あなたは……思っていたよりも、ずっと馬鹿だ」

座席に収まり、低い声で遼一郎が呟く。

無論、それくらいわかっていた。だからこそ、国貴はこんな愚行に出たのだ。

「わかっている。僕は愚かな男だ。それくらい……誰よりも、よく知っている」

償《つぐな》っても償いきれないし、謝っても謝りきれない。

遼一郎にも心の準備や覚悟が必要なことだろう。しかし、何一つ許さずに、自分はこの男を奪い去るのだ。

駅までの道のりを進むあいだ、国貴の心は緊張に満たされていた。列車に乗り、この帝都を離れるまでは油断はできない。

もっとも、国貴があえて今日を決行の日に選んだのは、明日から皇太子《こうたいし》が地方行啓《ぎょうけい》へ向かうことを知っていたからだ。このところの労働運動の加熱を警戒し、警備はそちらに割かれることになっていた。

「着きましたよ」

「ありがとう」

国貴は運転手に料金を支払うと、遼一郎に降りるように促す。憮然とした顔つきの遼一郎は、それでも文句を言わずに車から降りた。

「ちょうどいい時間だな。急ごう」

あらかじめ切符は手配しており、そのあたりは抜かりがない。遼一郎の偽造旅券もきちんと用意してあった。厚手の和紙で作られた偽《にせ》の旅券を手に入れることは、そう難しくはなかった。

「これは、おまえの荷物だ」

国貴はそう言って、遼一郎に小振りの旅行鞄を指し示した。

「用意周到ですね」

「——こっちだ」

まるで当然のように遼一郎の腕を摑んだ瞬間、どきりとして胸が震える。だが、何もなかったように国貴はその腕を引いた。

同じ夜行に乗る客が多いのか、駅は思った以上に混み合っている。国貴は鋭い視線を左右に走らせ、私服の憲兵がいないかを確かめる。見ただけではわからないのは当然だが、それでも注意を怠《おこた》るわけにはいかない。

ホームには既に、これから乗る予定の汽車が止まっている。

「どこまで一緒に来るつもりですか?」

切符を確かめながら汽車に乗り込み、その傍らに座った国貴に、遼一郎は不思議そうな視線を向けてきた。

「おまえが船に乗るのを見届けるまで、だ」

「な……」

ホームいっぱいに出発のベルが鳴り響き、遼一郎の叫びを掻き消す。

「馬鹿なことを!」

「さっきから何度も、僕は馬鹿だと言っているだろう」

遼一郎が逃げてはならないと、国貴は彼の腕をきつく摑んだ。

その手を、彼は振り払おうとした。しかし、国貴としても怯むつもりは毛頭ない。

「俺がいなくなれば……あなたが手引きしたことくらい、すぐに知れます。神戸にまで一緒に来れば、言い逃れもできなくなる!」

幾分声を低めて叱責するその音の連なりに半ば聞き惚れつつ、国貴はわずかに微笑する。

それくらい、わかっていた。

自分の末路も、清澗寺家の行く末も。

すべてを知り尽くしてもなお、自分は、遼一郎に何もかも捧げることに決めたのだ。彼にとってははた迷惑な話だろうが、そうすることしかできない。

汽車が動き出した。

「いいんだ、遼。覚悟は決まっている。おまえの命を救うためなら、僕は何もいらない」

死んでもいい。

この命を投げ出すことくらい、わけもない。

この春に彼に再会してから重ねた、短くもかけがえのない日々。その思い出さえあればいいから。

「どうして、俺なんかのために……」

「僕の自己満足だ」

国貴は素っ気なく言い切った。

好きだなんて、絶対に言えない。

こんな風に己の感情に任せて遼一郎を追いやる国貴を、彼は今まで以上に憎むだろう。もっと軽蔑することだろう。

だからこそ、そんな取るに足りない些末《さまつ》な感情は捨ててしまったほうがいい。

「少しばかりだが、金も用意した。あちらでも当座の生活はできるはずだ」

当局の手も、自分の手も及ばぬ場所に遼一郎を逃がしてやりたかった。そうすれば、綺麗に彼を諦めることができる。

こんな傲慢な手段を取ることができるとは、自分はなんと醜いのだろう。

彼の部屋を訪れていたあの女性からも、遼一郎を引き離すことができたことを、自分は心密かに喜んでいる。

本当は、一緒に行きたかった。

何もかも捨てて、どこまでも。

だが、彼に憎まれてる以上は、それはただの夢でしかなかった。

窓際の座席に座り込んだまま、遼一郎はそれ以上一言も口を利こうとはしない。

神戸までは半日以上かかるし、思っていたよりもずっと気詰まりな時間を過ごす羽目になりそうだ。

遼一郎と出かけることを無邪気に楽しむことができないのが淋しかったが、遼一郎は逃げることもなくここにいてくれる。

二人がけの座席で沈黙を持て余した国貴を見て、遼一郎は困ったように首を振った。

「わかりました。もう責めませんから……そんな顔をなさらないでください」

やけに物わかりのいい返答だったが、今はそれを信じるほかない。

「――こうして、二人で遠出するのは初めてだな」

やがて話すこともなくなり、国貴は小さく呟く。

「そうですね」

いつしか彼の手を握る指に力が籠もらなくなっても、遼一郎は逃げようとはしなかった。

もしこの逃避行が失敗したら、どうなるのだろう。

自分は、そして遼一郎は死ぬのだろうか。不思議と現実感のない、夢のような気がした。

だとしたらもう少し、遼一郎と話をしたい。

「どうしておまえが、運動を始めることになったのか……教えてくれないか?」

何気なくそう口に出すと、遼一郎はぴくりと表情を強張らせる。

「――くだらないきっかけです」

「聞いてはいけなかったか?」

「いえ」

遼一郎は肩を竦め、そして口を開いた。

「好きな相手のためです」

ずきりと胸が痛む。

「そうか……」

「相手の家と身分が違いすぎて、俺はあの人に手が届きませんでした。それが、悔しかった」

手が届かなかったというのならば、遼一郎が焦がれた相手は、あの女性ではないのだろうか。

「だから変えたかったんです。こんな世の中を」

「——すまない」

「あなたが謝ることじゃないでしょう」

「だけど……」

体制を変えることができる立場にいながらも、国貴はそのための努力をしてこなかった。そのつけがこうして遼一郎に回ってきているような、そんな気がした。

「今でもその人のことを、好きなのか?」

「ええ」

遼一郎は微笑する。

胸の中にじんわりと、熱い炎が生まれたような気がする。それは嫉妬なのだろうか。

唇を噛んだ国貴は、無言のまま脚を組み、遼一郎の腕を摑む手に力を込める。

単調な音を立てて、汽車は走っていく。


静寂の中、次第に眠気が押し寄せてきた。

寝てはいけないと思うのに。

いつしか国貴は瞳を閉じ、遼一郎に寄り添うようにして眠りに落ちた。

彼が誰かと、何かを話している。

車掌《しゃしょう》だろうか。

起きなければと思っても、目を開けることすらできぬままだった。

意識を失う瞬間まで、遼一郎が国貴の髪に触れていたような……気がした。


神戸駅は思っていたよりもずっと広い。

「参ったな」

見知らぬ光景。耳に馴染まない、どこか不思議なイントネーションの言葉。

「国貴様?」

遼一郎に尋ねられ、国貴は自分が彼の手を離してしまったことに気づいた。しかし、観念しているのか、彼は逃げようとしない。

国貴の指示通りに海外に行くにせよ、東京に逃げ帰る機会を狙っているにせよ、目立つ真似をするのは得策ではない。互いのために疑われぬように振舞うほかなかった。

「ああ……悪い。こういうところは勝手がわからなくて」

「腹が減ってませんか。何か食べましょう」

こうして自分に気遣いを示す遼一郎は、以前の彼と同じだ。

「何か、食べたいものがあるのか?」

「いえ、特に」

「じゃあ、適当に食堂でも入ろう」

「そんなところでお口に合うんですか?」

「おまえと食事するのも、これで最後だ。堅苦しいところでないほうがいいだろう」

はしゃいだ態度が無理をしたものなのか、それとも空元気《から》なのか、自分でもよくわからない。

遼一郎は、何も言わなかった。

一度視線を落とし、そして国貴の顔をじっと見つめる。その真剣なまなざしにいたたまれなくなりかけたとき、再び彼が口を開いた。

「これで最後なら……もう一度あなたを抱きたい」

「な、」

「連れ込み宿くらい、すぐに見つかるでしょう。あなたが俺に躰を差し出したら……そうしたら、言うことを聞いて外国にでも何でも行きますよ」

——ずるい。

遼一郎は、どうすれば国貴を意のままにできるかを知っているのだ。今でさえ、優位に立っているのは、国貴ではなく遼一郎のほうだ。

「わかった。それなら、宿を探そう」

「――冗談です」

遼一郎は低く囁き、首を振った。

「先に食事をしましょう。船は明日、出るんでしたね？」

「そうだ」

半ば拍子抜けしつつ、国貴は頷く。

「出航まで、まる一日時間があるというわけですか」

「ああ。今のうちに、旅に必要なものを調《ととの》えたほうがいいんじゃないか？　僕が用意しただけでは足りないものもあるだろうし」

「でしたら、どこかに行きませんか」

囁くその声に、国貴は小首を傾げた。

「せっかく神戸まで来たんです。観光をしてみるのも悪くないでしょう」

「観光って……」

仮にも自分たちは逃亡者なのだ。明日までは逃げ隠れしなくてはならない身の上だというのに、観光というのはいかにも暢気《のんき》すぎて解《げ》せないものがある。

眉をひそめる国貴を見て、遼一郎は笑った。

「明日は今生の別れになるんですから」

そう言われてみれば、それもいいのかもしれない。

「そう……だな」

「そうと決まれば時間がない。行きましょう」

遼一郎は国貴の手を引き、早足になって歩き出した。


はじめは人目を気にしていた国貴だったが、どうせなら楽しんだほうがいいと気持ちを変え、まるで子供のように休暇を楽しんだ。

東京に戻れば最後、どんな裁きがあるのかはわかったものではない。

そんな懸念《けねん》をすべて忘れて、遼一郎と過ごす時間を心に刻み込みたかった。

異国情緒《じょうちょ》溢れる街を散策するだけでも、国貴には幸せだった。

このまま、時間が止まってしまえばいいのに。

「最後に行きたい場所があるんです。よろしいですか？」

宿を探す前に、遼一郎はそう告げた。

「どこに……？」

「港です」

港なら明日行けるだろう、という言葉を国貴は飲み込んだ。

二人でこうして他愛《たわい》ない会話をして、目的もなくぶらぶらと歩き回るのも、これで最後だろう。

「急ぎましょう」

遼一郎はしきりに時間を気にしており、それが国貴には引っかかった。

「港って……ここは倉庫だろう？　こんなところに何かあるのか？」


遼一郎に連れて行かれたのはうらぶれた倉庫街で、人気がない。路地は行き止まりで、頼りない街灯の光が届かなければお互いの顔を確認することさえ難しいことだろう。

潮の匂いが鼻腔《びこう》を刺激する。

国貴は不審を覚えて、遼一郎の背中をじっと見つめた。

「遼？」

「もう遊びはやめましょう」

こちらを振り向いた遼一郎から浴びせられたのは、予想外の言葉だった。

「何……？」

「あなたのために、一日つき合いました。もう十分でしょう？」

答えることが、できない。

「国貴様、あなたがそうやって、俺の命に執着する理由が見つからない。俺は俺の意志で、運動に加わっているんです。俺がそれで死のうが生きようが、あなたには関係のないことだ」

「おまえが死ぬなんて嫌だ」

たとえ自分のためであっても、遼一郎が死ぬのは嫌だった。まるで頑是《がんぜ》無《な》い子供のように、国貴はそう言いつのる。

「うちのグループは急進的ではありませんし、そう簡単には死にませんよ」

「わかるものか。この国にいたら、おまえは遅かれ早かれ殺される」

こんな言い方をしたところで、効果はないかもしれない。

だけど、生きていてほしい。

「死ぬことなど、怖くはない。覚悟はできています」

「僕は嫌だ。おまえが死ぬところなど、見るつもりはない」

「あなたを犠牲にして、俺一人で生き延びろと……そんな残酷なことをおっしゃるのですか?」

糾弾《きゅうだん》の口調は、強いものだった。

「それで俺が自分を許せると思いますか?」

「だけど、それしか方法がないんだ」

「どうせ犠牲になるというのなら、俺と一緒に逃げてください」

低い声で遼一郎は囁いた。

「アメリカでもヨーロッパでも、あなたが望むところへ行きます。あなたが、家も家族も何もかも捨てるのなら」

「——それでいいのか?」

国貴はそう尋ねた。

思ってもみない条件は、それでいて国貴にとってはこのうえなく幸福な言葉でもあったからだ。

「そんなことでいいのか?」

「……え?」

逃げられるものなら、遼一郎と逃げたかった。

それができないのは、国貴が彼に憎まれているのを知っていたからだ。

「おまえを逃がすことは、犯罪だ。僕が一緒に逃げても逃げなくても、追われることには変わりがない」

卑怯だ、こんな縛り方。こんなやり方で、遼一郎の心を縛ろうとするなんて。

「できることなら、おまえと逃げたかった」

するりと漏れた言葉は、国貴の本心だった。

「でも……おまえは僕が嫌いなんだろう？」

「国貴様、それは」

「おまえに恋人がいることは知っている。こんなやり方をすれば、もっと憎まれるということもわかってる。だけど、我慢できなかった」

彼は何も言わない。

「生きていれば、いつかまた、もう一度会えるかもしれない。でも死んでしまえば二度と会えない。だから、せめて今だけ、おまえの命を僕に預けてくれ」

自嘲することすらできない。そんな余裕もないほどに、国貴は必死だった。

「頼む、遼……今は逃げてくれ」

本当はずっとそばにいたかった。

彼の瞳に見つめられるのは自分でありたかった。

それらはすべて叶わぬ願いだからこそ、今は彼の命のことだけを考えたい。

「どうして、俺なんかのために……そこまで……」

遼一郎の言葉から強さが消え、そこには揺らぎが見える。

「——愛してるんだ」

迸るその言葉に、遼一郎は答えようとしなかった。

「遼……おまえを愛してる。おまえがこの世からいなくなったときのことなんて、考えたくない。だから、僕は絶対に、おまえを死なせたりはしない。この命に代えても」

遼一郎はひどく虚ろな視線を国貴に向けた。

そんな顔をさせたかったわけではない。苦しみに胸が疼くように痛んだ。

　この感情は墓場まで持っていくつもりだったのに。

　口にするつもりなど、なかったのに。

「――ご冗談を」

「冗談でこんなことを言えるものか！」

　国貴は思わず声を上げる。

「おまえを愛してる。それだけなんだ……」

　それを聞いた遼一郎は、手を伸ばして国貴の躰に触れようとし、やがて力なくその手を下ろした。

「でしたらなおさら、俺にはあなたに触れる資格はない」

「どういう意味だ……？」

「俺は薄汚い、卑怯な男です」

　ささやかな声で遼一郎は告げ、国貴を見下ろした。

「あなたに愛される資格どころか……あなたを愛する資格もない。こうして触れることでさえ、どれほど罪深いことか」

　遼一郎の指が、遠慮がちに国貴の頬に、そして乾いた唇に触れる。

「俺のことなど忘れてしまってください。そのほうがあなたのためだ」

「嫌だ」

　国貴は首を振った。

「どうせ僕を憎むなら、とことん利用すればいいだろう。生き延びるために、踏み台にでも何でもすればいい！　その覚悟を決めて運動を始めたんじゃなかったのか！」

　興奮に語調が強くなる。国貴は遼一郎の胸を何度も叩いた。子供の頃、そうやって彼に駄々を捏《こ》ねたときのように。

「そんなこと、できるはずがない……！」

　遼一郎は不意に国貴の手を押さえ込み、唇を押し当ててきた。

「っ」

噛みつくようなくちづけだった。

「まだわからないのですか⁉　俺がどうしてあなたを遠ざけようとしたのか」

抱き締められれば、そのまま心臓が止まりそうだ。

「誰よりも大切な人に……あなたに、そんな仕打ちができるはずがない！」

何を言われているのか、国貴にはよくわからなかった。

「頼むから、忘れてください……俺のことなど。分不相応にもあなたを愛してしまったことが、間違いでした」

愛――だと？

今、この男は何を言ったのだろう。

「間違いだと知っていたのに、それでもあなたを好きになってしまった。今も、あなたを手放すことがこんなに怖い……」

ひどく思い詰めた声で遼一郎が囁く。

「嘘だ……」

信じられなかった。遼一郎が自分を好きになることなど、万に一つもあり得ない。

「俺のためだと言うのなら、俺の願いを叶えてください。俺は、あなたに危害が及ぶことなど耐えられない」

国貴は何も言えぬままに、遼一郎にしがみつき、そしてその唇を求めた。

「あなたを愛している」

今まで何度くちづけられても、それはただの冒瀆《ぼうとく》のための手段でしかないのだと思っていた。

国貴を辱めるためのものだと。

彼にキスしたくても、きっと嫌がられるだろうと思えば怖くてそれもできずにいた。

けれども、遼一郎は逃げることなどせずに、それどころか情熱的にその接吻に応えてきた。

自然とくちづけは深くなり、互いの舌を求め、絡め合った。

これはきっと、夢だ。

「あなたのいない人生など考えられない。あなたのいないこの世界など、あってはならないんです」

耳許で囁く遼一郎の声が、ひどく甘くて。

「だから……俺のことなど忘れてください」

できない。そんなこと、できるわけがない。

「それなら、逃げよう……一緒に」

遼一郎の返答は、ない。

貪るように遼一郎の唇を求め、国貴は狂おしいほどの接吻に溺れた。

「——くだらない茶番は、その程度にしてもらおうか」

凛《りん》とした冷たい第三者の声が、唐突に国貴の心臓を射抜いた。

「誰だっ」

慌てて遼一郎から離れ、国貴は身構えた。

「まさか友達の声を聞き忘れたわけじゃないだろう？　案外冷たいな、清澗寺」

浅野の声だった。

なぜ浅野が……ここに？

暗がりから現れた男は、今日は憲兵隊の制服ではなく、この街に相応しい洒落た背広姿だった。

「まったく、ずいぶん思い切ったことをしてくれるな。こちらとしても、いい迷惑だ」

「浅野様」

遼一郎の小さな呟きを、国貴は聞き逃さなかった。

「報告、ご苦労」

浅野はとんと遼一郎の肩を左手で押し、ごくさりげない仕草で二人を引き離す。一瞬顔を上げて浅野を睨んだが、やがて遼一郎は俯いた。

「君たちのように同行者がいれば楽しいだろうが、あいにくこちらは侘《わ》びしい一人旅だ。外国に行きたければ、せめて横濱あたりにしておいてくれ。俺も手間がかかって仕方がない」

「勝手なことをして、申し訳ありませんでした」

謝罪の言葉が、遼一郎の唇から零《こぼ》れる。それは明らかに、浅野に向けられたものだった。

「どういうことだ……？」

いつもは真っ直ぐに背筋を伸ばして自分を見つめる遼一郎が、今は俯いている。

「この男は狗《いぬ》の狗だ。痴情《ちじょう》に溺れて仲間を売ったんだ。つくづく、卑《いや》しい男だよ」

「狗の……狗？」

「そうだ。俺のような権力の狗に飼われる、狗というわけだ」

まさか。

遼一郎は浅野の手駒《てごま》だったというのか？

「浅野様には途中で連絡いたしました。俺はあなたと一緒に逃げるわけにはいきません」

「どう…いう……」

「おかげでこちらは、朝一番の急行で神戸に来る羽目になった。所詮《しょせん》はひ弱な御曹司と思っていれば、随分と大胆な真似をしてくれるじゃないか」

浅野の皮肉に満ちた声音が、鼓膜をくすぐる。

「そういうことを聞いているわけじゃない！　遼、おまえはこの男の……スパイだったのか？」

「――その通りです」

すべての価値観が、音を立てて崩落《ほうらく》していくような気がした。

信じられない。

確かに、夜行の車中でも、遼一郎が浅野に連絡する時間はいくらでもあった。

たとえば乗降客に金を摑ませて、浅野に電話してくれと頼むことはできる。車掌に頼むこともできただろう。いかにもおっとりした育ちの国貴と違い、そんなところで遼一郎は頭の回転が速かった。

「こちらは手札を何枚も持っていると言っただろう？　残念ながら、俺は君みたいなお坊ちゃん育ちとは違うんだよ。せっかくこいつを釈放させたのに、残念だったな」

冷静な声音に、国貴は心底ぞっとした。

その切り札の一つが遼一郎の存在だとは、思ってもみなかったのだ。

「どうして……、どうしてスパイなんかに」

「口ではいくら綺麗事を言っても、こいつも所詮はただの人間だ。思想よりも仲間よりも、色恋を取ったというわけだ」

理解できない。脳が理解を拒《こば》んでいるのだ。

浅野は口元を皮肉げに歪め、そして内ポケットに右手を差し入れる。

「お美しい清澗寺家の長男も、罪なものだな。理想に燃える男を、ただの狗にまで貶《おとし》めるとは」

「僕のせいだというのか……？」

「成田、おまえもどうせ目玉を清澗寺にくれてやったんだ。ついでに命くらい、惜しくないだろう？」

遼一郎にそう告げたあと、浅野はこちらを振り向いた。

「こいつは狗らしく、自分の命よりも君を選んだんだ。忠義を褒《ほ》めてやれよ、清澗寺」

ふ、と男は口元を歪める。

「だが、成田は俺を二度裏切った。三度目はない」

内ポケットから出された彼の右手に握られていたものは、拳銃《けんじゅう》だった。

「国貴様に……咎《とが》のないようにしてください」

対する遼一郎の答えは、穏やかなものだ。彼はそのまま、無抵抗に地面に跪《ひざまず》いた。

「待て、浅野。それは、憲兵としての任務なのか？」

「東京に戻れば、裁判にかけられてこいつは死刑になる。今殺しても一緒だ」

「どうして……」

「リーダーは田中だったな。あいつは昨晩、大谷殺しの下手人《げしゅにん》は成田だと白状した」

「そんなのは嘘だ……！」

冷静さを失った国貴は声を上げる。それを浅野は、珍しいものでも見るように眺めた。

「それくらいわかっているよ。だが、今となっては、死人に口なしだ」

田中の死を匂わせ、浅野はおかしそうに笑った。

「だったらよけいに、こんなところで遼一郎を殺すのはおかしいだろう！」

まさかこんな場所で、遼一郎を死なせるわけにはいかない。まだ事態の全貌《ぜんぼう》を摑んではいないが、何とか時間を引き延ばして逃げる機会を得ようと、国貴も必死だった。

「俺は私人としてここに来た。これは単なる私的な制裁だ」

遼一郎を軽く靴の先で小突き、浅野はそう言い切った。驚くほどに冷たく凍《い》てついた表情に、国貴はぞっとする。

「一人で来たのか？」

任務でないのなら、まだ逃げる機会はある。

「当たり前だ。いくら任務でも、好き勝手に人を殺せるわけじゃない。こいつは一応容疑者だし、それに——表沙汰になれば、君に貸しを作れなくなるからな」

「それならば、殺さなければいいだろう！」

「俺は他人を裏切るのは好きだが、裏切られるのは嫌いなんだ。死体は海にでも放り込んで、そのあとで君をどう料理するか考えよう」

不気味なほど静かな声音に、背筋が凍りつきそうな気がした。

——浅野は本気だ。

「やめろ！　この男を殺すな！」

激昂《げっこう》して国貴は叫んだ。

「殺したら君を一生許さない！　どんなことをしてでも、復讐《ふくしゅう》してやる！」

「いいんです。撃ってください。覚悟は決まっています」

遼一郎は驚くほど落ち着いた声音で言うと、浅野を見上げる。遼一郎のその言葉を無視し、浅野は国貴に更に問うた。

「そんなに愛しているのか」

ひどく穏やかな声だった。

「答えろよ、清澗寺。そんなにおまえは……この男を愛しているのか」

「当たり前だ！　そうでなければ、誰が家を捨てるものか！　家族を見捨てたりするものか……！」

何もいらなかった。

遼一郎の命のほかは、自分の命でさえも。

「遼を殺したら、おまえを殺してやる！」

「これで本望《ほんもう》だろう、成田。主人の言葉を冥土《めいど》の土産に持っていけ」

嫌だ。

こんな結末は嫌だ。許せるはずがない。

そう思った瞬間、国貴は自分でも信じられないほどに素早く動いていた。

「動くな、浅野」

隠し持っていたピストルを取り出し、銃口をひたりと浅野に向ける。

「……物騒なものを持っているな」

どうせ国貴には何もできないだろうと侮《あなど》っていたのか、浅野は今日に限って隙だらけだった。

「殺すと言っただろう、浅野。悪いが、これは脅《おど》しなんかじゃない」

くだらない、三文芝居《さんもんしばい》のような展開だ。こんなやり方で遼一郎を救えるのか、自信がない。だけど、こうしなければ浅野は本気で遼一郎を殺すだろう。

「おまえがその男を殺すというのなら、僕はおまえを殺す」

「君には人を撃てないはずだ、清澗寺。君は俺とは違う。それに、俺はここに一人で来たからと言って、何も策を練っていないわけじゃない」

「黙れ！」

無為《むい》な殺人を憎む国貴の気質を知り尽くした浅野の言葉は、それでいて国貴を的確に捉えたものではない。

浅野はきっと、知らないのだ。

国貴を狂わせるこの感情を。

軋《きし》む。壊れる。理性までもが。

「試してみようか」

「試してみろ」

国貴は躊躇《ためら》うことなく引き金を引いた。

「…国貴様っ！」

その狙いが逸《そ》れたのは、注意を喚起《かんき》する遼一郎の声のせいだった。


「ッ」

ぱんという鈍い破裂音のあと。彼の拳銃が地面に落ちる。そして、右肩を押さえ、浅野ががっくりと地面に膝を突いた。

「清澗寺、貴様……！」

血の匂いが立ちこめる。

国貴は呆然と立ち尽くした。

撃ってしまったのだ。

この手で、人を。

「それなら……逃げるがいい」

呻きつつも、浅野はそう吐き出した。

「おまえたちに、安住の地などあるものか。命のある限り、永遠に逃げ続ければいい」

浅野が肩を押さえたまま、不気味な言葉を吐いた。

その間も血は路上に溢れていく。

「国貴様！　駄目です！」

遼一郎が国貴の肩を揺すぶる。

「こっちへ！」

もう、どうすればいいのかわからない。

頭の中はぐちゃぐちゃだった。

どうやって足を動かしているのかも、最初はよくわからなかった。

まともな思考が戻ってきたのは、遼一郎に腕を引かれるままに走り出して、ずいぶん時間が経ってからだった。

どこをどう走ったのか思い出せないまま、気づけば二人は町中へと迷い出ていた。

路地裏に入り、荒く息をつきながら塀《へい》にもたれていた国貴を労《いたわ》るように、遼一郎が「大丈夫ですか？」と尋ねた。

「……ああ」

この手で人を撃った。

浅野を撃ってしまったのだ。

これでもう、国貴は後戻りできなくなった。

国貴だけでなく、遼一郎も。

「すまない、遼。おまえを逃がすつもりだったのに、僕は……」

国貴は手を伸ばし、遼一郎の首に縋りついた。

「頼むから、おまえだけでも逃げてくれ。いいな？」

「ですが、それではあなたに危険が及びます」

「いいんだ。もう、これでいい。おまえさえ逃がすことができれば、死んでもいい」

それが国貴の本音だった。

「こんな人生、終わりにしてしまってかまわない」

何も生み出すことはなかった。

ただ虚しいことのために必死になるだけだった。

崩れていく家を再建しようと、誰も望まないことに懸命になり、結局何一つ成し遂《と》げることはできなかった。

「でも、おまえに会えたことだけが、たった一つの救いだ」

国貴の言葉を聞き、遼一郎は目を伏せた。

「言ったはずです。俺にはあなたに愛される資格も、愛する資格もない……それなのに」

「それでも、いい」

国貴は強い口調で断言した。驚いたように、遼一郎はわずかに目を瞠る。

「国貴様」

「だから……だから、最後にもう一度だけ抱いてくれ」

今はもう、そうして懇願《こんがん》することしかできない。

これで最後ならば、遼一郎が欲しかった。

この躰の隅々までも、彼の記憶を留めておきたい。

「あなたは馬鹿だ」

押し殺したように、遼一郎は呟く。

「馬鹿なのはおまえも一緒だろう……?」

沈黙のあと、遼一郎は国貴を見つめた。

「——俺だって同じです。忘れたくない。できることなら、あなたの体温を覚えていたい……あなたの膚も、心臓の音も——すべて」

そう囁いた遼一郎の唇が国貴のそれに重なり、何度も触れてくる。指先までも痺れるような行為は官能よりも情熱を多分に含んでおり、国貴はそのキスに溺れた。

もう死んでもいい。

この男を失うくらいなら、死んでしまおう。

これが最後のくちづけでもかまわない。

今生の別れとなってもいい。

旧友をこの手にかけたくせに、何ら痛痒《つうよう》を感じない。そのことに国貴は眩暈すら覚えた。


「最初から、やり直しましょう」

閨《ねや》での遼一郎の言葉が、それだった。

どうせ最後なのに。

その言葉を国貴は飲み込んで、無言のままただ微笑んだ。

「本当はずっと触れたくてたまらなかったのに、いつも酷いやり方であなたを抱いたから……やり直させてください」

風呂上がりの躰はまだどこか汗ばんでおり、旅館の浴衣《ゆかた》が皮膚にまとわりつく。

国貴は手を伸ばして遼一郎の頬に触れた。

「遼……」

潤んだ声でその名を呼び、国貴は遼一郎の額に唇を押し当てる。向き合って座っているだけで膝の裏にしっとりと汗が滲み、目前の男を手に入れることができるという歓喜に躰が震えた。

彼の瞼《まぶた》に、頬に。唇に、そして顎に。

そっと唇を離すと、遼一郎にそのまま布団へと押し倒された。

立てた膝から浴衣がはだけ、国貴の脚が露《あらわ》になる。

「国貴様」

遼一郎の唇が首筋に触れ、吸い上げられる。幾分無骨な指が浴衣の袷《あわせ》からそっと滑り込み、国貴の敏感な皮膚に触れた。

音を立てて、熟《う》れた躰から蜜が滲んでくるような気がした。

「あ…っ……」

「もっと声を聞かせてください。あなたの、声を」

初めて抱き合ったときも、そのあとも、遼一郎はひどく残酷だった。なのに今の彼はとても優しく、国貴を壊れ物のように扱おうとする。

ただ敷布を摑んで震えているのも我慢ができず、国貴は自分に覆い被さってくる遼一郎の下肢に触れた。

「……熱い」

自分に欲望を感じて、遼一郎の躰に熱が生まれている。そのことが嬉しかった。

「国貴、様」

指を動かせば彼の声が掠れ、狼狽が混じった。それに勇気づけられて国貴の指はいっそう大胆になり、浴衣を掻き分けて彼の熱源を直《じか》に触れる。

「あ……」

信じられないほどにそこは熱くなっていて、国貴は思わず赤面した。

浅野のものに触れたこともあったのに、今の自分はひどくうぶな小娘のようだ。

「悪戯はなしですよ」

その言葉とともに軽く乳首に歯を立てられて、国貴は身を捩《よじ》った。

「ま、っ……やめ…」

「あなたを可愛がりたい」

「……ん、んっ……ふうっ…」

それを合図にするように、遼一郎の手指が淫らさを帯びて蠢《うごめ》く。

濡れた部位を直に弄《いじ》られれば我慢もできず、それだけで腰が揺れた。もっと快楽が欲しくて、それでも淫楽《いんらく》に溺れようとする自分が嫌で。

裏腹な感情に躊躇いを示すと、ひどく優しい手つきで遼一郎が国貴の性器を掌に包み込んできた。

「……りょう……っ」

「濡れてらっしゃる」

「やだ……あ、あ……んッ……く…」

薄明かりの下で躰を弄《いじ》られて、くちゅくちゅと濡れた音が室内に響く。彼の唇と舌が国貴の肌を味わい尽くすその様には規則性は欠片もなく、ただ翻弄《ほんろう》されるだけだった。

「……遼……っ、もう…」

遼一郎の手を汚すと思うだけでも耐え難いのに、彼は躰をずらして国貴の脚を抱え込み、下肢に顔を埋めた。

「あ……ああっ」

敏感な部位をその口に含まれ、暖かな粘膜の感触に、国貴は耐えきれずに声を上げてしまう。

「んうっ……だ、め……嫌だ……！」

含まれた部分から熔《と》けてしまいそうだ。

「……頼、む…から……っ」

なのに、言葉とは裏腹に。

遼一郎の舌を巻きつけられて幹を吸われただけで、脳髄《のうずい》がじんと痺れた。もっとそれをしてほしくて、男の髪を弄《まさぐ》り、気づけば己の下腹に押しつけるようにして口淫《こういん》を強請《ねだ》っていた。

してはいけないと、わかってるのに。

全部出してしまって。熔けてしまって。

何もかもなくなってしまいたい。

「今だけは……俺のものになってください」

そんな言葉とともに先端の括《くび》れを舌でつつかれるのだ。どうしようもない悦びに満たされて、国貴の瞳には涙が滲んでいた。


「…ん…んっ……あ、ああっ……！」

いけないと知っているのに——溢れ出してしまう。

綻び始めた躰から。蜜が。

あまりにも良すぎて、我慢できずに濃い体液をすべて遼一郎の口腔に放ってしまっても、快楽の余韻《よいん》がいつまでも引かず、躰がびくびくと震えた。

それでも、まだ足りない。飽き足らない。

「遼……もう、して……」

動物的な欲望に突き動かされ、国貴の声に艶が交じる。

破滅の跫音《あしおと》がする。

なのにそれはあまりに甘美な快楽だった。

何もかも壊した。奪われた。音を立てて崩落させてしまった。

それで何が残るのか、確かめようとするかのように——。

「早く、おまえを感じたい」

「ですが、国貴様……」

「大丈夫だから。おまえが……欲しい」

潤んだ瞳で遼一郎を見つめれば、彼は小さく笑いを漏らした。

「——敵《かな》いませんね」

立てた膝をおずおずと開くと、そこが綻ぶような錯覚すら覚えた。再び躰が熱を帯びてきて、じわっと蜜が滲んでくる。

「ん、っ」

初めてのときよりは要領がわかっていたとはいえ、覆い被さってきた遼一郎のものが入り込んできたときは、さすがに緊張した。

「まだ、きつい。……少し慣らしましょうか？」

「平気……だか…、…ぁあっ……」

粘膜を引き裂くように、それがねじ込まれるのに——硬くて熱いもので内側を擦《こす》り上げられるだけで、じゅくじゅくと膿《う》んだように体液が滲んできた。

「…はふっ…う…」

敏感な襞を刺激されると、声が乱れて、意識も飛んでしまいそうだ。

「熱い……」

耳に唇を寄せ、やけに熱っぽい声で、遼一郎が囁いてくる。

「ああ……あ、っ……遼……りょう…」

腰を淫らにくねらせて、もっと遼一郎を奥へと迎え入れようとする。

「もっと…、…来…て……」

「——国貴様」

深々と楔《くさび》を打ち込まれても、それでも、まだ足りない。もっと遼一郎を感じて、彼を自分のものにしたい。

「遼…っ……」

「これで、全部……あなたのものだ」

間近にいる遼一郎の額には汗が滲む。その瞳には

国貴の姿が映っていて。

切ないくらいの胸の痛みに支配されて彼の首を抱き締めると、そのまま腰を抱えられた。

「あっ」

結合していた場所をそのままに、今度は遼一郎の上に座るような格好にされ、国貴は頬を染める。

きつく遼一郎を食《は》んだ襞が震えるようにその幹に絡みつき、もっと酷くされるのを待ち侘びていた。

「りょう」

陶酔しきった声で国貴はそう囁き、遼一郎を飲み込んだまま自ら腰を揺すった。とろとろと体液を溢れさせた性器は遼一郎の手指に捕らえられて、扱《しご》き立てられる。

「国貴様……」

離したくない、と彼が囁くのが聞こえて。

それだけで国貴は溶けてしまいそうになる。

「もう、っ……あ、……ああ…ッ…!」

内側から灼熱《しゃくねつ》のように淫靡《いんび》な快楽が迸り、茎を伝って溢れ出す。

「……遼…っ…」

遼一郎の首筋に顔を埋め、国貴はその背中にきつく爪を立てた。

怖くて、この躰を離すことができない。

このまま、彼に繋がれたまま、いっそ死んでしまいたかった。


濡らした手拭《てぬぐ》いで丹念《たんねん》に躰を拭いたあと、国貴と遼一郎は汚していなかったほうの布団へと潜り込んだ。こうして遼一郎と同衾《どうきん》することは滅多になく、それが嬉しい。

いつも行為のあとで、遼一郎は難しい顔をして窓の外を睨みつけていたからだ。

「——明日は……港へ行こう」

濃い情交のせいか、躰はまだ火照《ほて》りを帯びていた。

「それは……」

「上海経由で、おまえを欧州《おうしゅう》に向かわせるつもりで切符も買ってあった。でも上海なら、僕も旅券がなくても渡航できる」

たとえ追っ手がいたとしても、遼一郎だけは船に乗せてしまうつもりだった。

そこから先のことは、考えていない。

「個人的に動いているとはいえ、浅野様……いや、浅野少尉がここで引き下がるとは思えない。あの程度の傷で死ぬことは、まずないでしょう」

遼一郎の声は既に冷静さを取り戻している。睦言《むつごと》とは思えぬ会話だったたし、今生の別れにはほど遠い。

だが、それでも聞いておきたかった。

「だったら、いっそとどめを刺しておけば良かった」

悔しそうに言う国貴を見て、遼一郎は苦笑する。

「やめてください。そんなことは、あなたらしくない。あなたが人を殺すところなんて、見たくありません」

国貴の手を取り、遼一郎はその指に唇を落とす。

「俺のような薄汚い狗《いぬ》のために、あなたが手を汚す理由はどこにもない」

「僕のほうが、もっと汚い」

ひっそりと呟き、遼一郎の胸に顔を埋めた。浴衣がぐしゃぐしゃになるが、かまうものか。

「——どうすればおまえを守れるか……その情報が欲しくて、浅野と寝た」

ぴくりと彼の躰が強張る。

「僕は好きな男のために人を殺すことも、他人と寝ることも厭《いと》わない人間なんだ。おまえに抱かれるたびに、僕は本当は……悦《よろこ》んでいた。おまえに触れられるのが嬉しくて」

時々、怖くなる。

己の中を吹き荒れる嵐の大きさに。

「おまえをすべてから奪いたかった。おまえの恋人からも、仲間からも」

「恋人……？　さっきもおっしゃってましたが、何のことですか？」

「女性が部屋に来ていただろう」

「あれは、運動の仲間ですよ」

彼は苦笑し、そして表情を引き締めた。

「そうなのか？」

「ええ」

「俺の部屋も、むさ苦しい男ばかり出入りすれば疑われるでしょう。彼女は連絡要員です」

遼一郎は頷き、国貴の額にくちづける。

「悪いのは……醜いのは、俺です。あなたにそんな真似をさせた俺が悪い。俺だって、取引にかこつけてあなたを喜んで抱いた。それだけでなく、俺は自分のためにあなたを利用しようとした。あの人から――浅野少尉から逃げるために」


その告白に、ずきりと胸が痛んだ。だが、聞きたいことを明らかにしなくてはいけない。

取り返しがつかなくなってしまう、その前に。

「おまえは、どこで浅野と知り合ったんだ？」

沈黙のあと、心を決めたように遼一郎は口を開いた。

「――あなたに怪我を負わせてしまってから、俺はあなたに近づかないことに決めていました。陰ながら国貴様を見守るだけにしようと」

彼はそう言って、抱き込んだ国貴の後頭部をそっとさする。そこにはあの古傷があるはずだった。

運動に興味もあったが、本格的に関わりを持てば国貴に迷惑がかかるかもしれない。そう思いながら遼一郎が何度か集会に出始めた頃、たまたまそこで騒ぎが起きた。

憲兵にしょっ引かれた遼一郎を取り調べたのが、ほかでもない浅野だった。

浅野は遼一郎の供述から、父が清澗寺家の運転手であることを知った。そして、国貴に絶対に迷惑をかけたくないと願う遼一郎の気持ちを、浅野は利用したのだという。

「彼は、俺が憲兵のスパイにならなければ、あなたを反体制運動者と内通する売国奴《ばいこくど》だと告発すると脅してきました」

「おまえにはスパイなんて無理だろう」

「できます」

即座に意外な答えが返ってきて、国貴は目を瞠った。

「何があっても、あなたのことだけは守りたかった。そのためには命を懸けることもできます。スパイにだってなれる。でも、俺を信じてくれる仲間を裏切ることだけは、我慢ができなかった」

彼の真っ直ぐな気性を知っているからこそ、国貴はその気持ちをよく理解できた。

「考えれば考えるほど、わからなくなってしまったんです。何年も会っていないあなたを守ることに、本当に意味があるのか。あなたは本当に俺が守るべき相手なのか」

遼一郎の迷い、戸惑い。

それはたぶん、国貴も同じように感じていたものだろう。思い出の中の遼一郎は、いつも美しかったから。

「——国貴様は、運命を信じますか」

「え……？」

唐突な問いに、国貴は首を傾げた。

「俺は運命なんて信じていない。だけど、だからこそ試してみようと思ったんです」

運命なんて言葉を、遼一郎の口から聞いたことはない。国貴は躰を捻《ひね》って遼一郎のほうに顔を向けた。

「あの日、劇場で——あなたが俺に気づくかどうか、俺は賭けていました」

遼一郎は指で、国貴の眉や鼻筋をそっとなぞる。

「俺はもう、何もわからなくなっていた。あなたのことを考えすぎて、自分のこの感情がただの妄執《もうしゅう》なのか、愛情なのか、見分けがつかなかった」

感情を殺し、あえて淡々と語る声音には、確かな熱情が籠もっていた。

「だから、確かめようと思いました。今のあなたが俺が愛したままのあなたなのか。浅野には、国貴様との個人的な接触は禁じられていたのですが」

祈るような静謐を湛えた遼一郎の横顔を、半年以上経った今でも、国貴は覚えている。

悲壮なほどに峻厳《しゅんげん》だった、殉教者のような表情を。

あのときの遼一郎はどれほどの覚悟を決めて来たのだろう。たった一瞬の邂逅《かいこう》に、どれほどの思いを託していたのだろうか。

今なら、わかる。

この意志の強い男が運命に身を委《ゆだ》ねなければならぬほど、遼一郎は国貴を愛していたのだ。

「もしあなたが俺を忘れていたり、変わっていたりすれば、あなたを利用するつもりでした。浅野を出し抜くために、あなたは切り札になる」

でも、と遼一郎は続けた。

「あなたは俺を覚えていた。一目で俺を見抜いた」

遼一郎の声は、追憶の甘い響きを帯びる。

「当たり前だ。忘れるわけがないだろう」

「せめてあなたが上流社会に染まりきって、敵でいてくれれば……どれほどよかったか。そうすれば俺は、あなたを憎むこともできた。利用することもできた。それなのに、あなたはあなたのままだった」

彼は切なげに微笑んだ。

「あなたを手に入れることもままならない世の中なんて、壊してしまいたかった。身分のせいで、あなたを愛することもできないこの社会など。だから俺は、運動をやめられなかった。ただの私怨《しえん》です」

熱い告白に、ただ胸が震える。

遼一郎の瞳は澄んでいて、美しかった。

片目だけであっても、彼の瞳は真実を見ているはずだ。この世にあるすべての真実を。

「許してください、国貴様」

低い声で、彼は呟く。

「国貴様を信じていればよかった。試そうと思わなければ、こんなことにはならなかった」

「遼……」

「あなたが変わっていなければ、そのまま姿を消して、遠くからあなたを見守るつもりでした。でも、会えば会うほど離れるのが惜しくなった。このままではあなたを苦しめるだけだとわかっていたのに、決心がつかなかった」

遼一郎が下宿を引き払う準備をしていたことを、国貴は思い出す。あのときの彼は、どんな気持ちで荷物をまとめていたのだろうか。


「苦しんでなんか、ない。僕は自分の意思で動いてたんだ。誰かに強制されたわけじゃない。僕は、ただ……」

そこで国貴ははっとした。

「――もしかして、僕が浅野から得ていた情報の出所は……おまえだったのか？」

驚きに掠れた声で国貴が問うと、彼は頷く。

「その通りです」

考えてみれば、遼一郎と再会したことを浅野に教えたのは、国貴だった。遼一郎のためと思って国貴がしていたことは、すべて、彼を苦しめるだけだったのだ。

浅野は最初から、遼一郎を助けるつもりなどなかったのだろう。それどころか、国貴に協力する振りをして、自分たちを弄んでいたのだ。

「おまえが逮捕されたのも、浅野の差し金なのか？」

「はい。俺が逮捕されたのも、浅野の差し金です。

俺はあの人にとって、もう用済みでしたから。たぶん、大谷を殺したのも……」

彼はそこで言い淀んだが、そのあとに何を言おうとしたのか、国貴にはわかる気がした。

「だけど、捕まったときも本当はほっとしていました。俺が死ねば、あなたを解放することができる。俺は……自分では手を離せないくらいに、あなたを愛しすぎてしまった」

遼一郎の真摯な囁きが、胸を打つ。

「でも、どんな手を使ってもあなたを手に入れようとした浅野少尉の気持ちは、俺にも少しわかります。俺も弱みにつけ込んで、あなたを抱いたんですから」

「本当に彼は、私人としてここに来たのだろうか」

浅野のことを思い出すと、暗澹《あんたん》とした気分になる。

「嘘はないと思います」

国貴たちを捕縛をするならば、こちらの師団《しだん》にいる憲兵に応援を頼めばいい。そうであれば、とうにこの旅館にも人が踏み込んでいることだろう。

「ことが大きくなれば、いくら彼でもあなたを救うことはできない。あの人も……あなたを死なせたくはないのでしょう」

違う。浅野に決めさせたりは、しない。

国貴の命は遼一郎のものだ。生かすも殺すも遼一郎の思うがまま。

真面目な遼一郎にそんなことを言えば、きっと責任を感じるだろう。だから、それを口にすることはなかったけれど。

「……あ」

障子の向こうが明るくなってきた気配に、国貴はそっと身を起こす。海の方角がぼんやりと滲み、陽が昇っていく。

「夜明けですね」

これが二人で見る、最後の夜明けになるのだろうか。

「少し、早すぎたみたいだな」

宿を出てからは緊張してしまい、ろくに口を利くこともなかった。

港に近づくと、潮の香りが次第に濃くなってくる。必要以上にびくびく振る舞えば、かえって他人から疑われかねない。

浅野の動きがいっこうに摑めないのは不安でしかない。いっそ死んでいてくれれば、ずっと気が楽だ。

生きながらえていれば、彼はどこまでも国貴たちを追ってくるだろう。浅野はそういう男だ。

それゆえに、浅野が死んでいたとしても、国貴は後悔しない。

愛情がこんな暴力と欺瞞《ぎまん》と自己満足に満ちたものだとは、思わなかった。

注意深くあたりを見回した限りでは、官憲の姿はないようだ。

しかし、ここで気を緩めることはできない。

予感はあった。

私人として行動しているとはいえ、浅野は必ず、もう一枚は何かしらの切り札を用意しているはずだ。彼はそういう男だ。

同じことを考えているのか、それとも緊張しているのか、遼一郎はずっと言葉少なだった。

まるで求道者のように、彼の横顔には苦悩が刻まれている。その表情は新鮮だったが、彼にこんな顔をさせているのは自分なのだと思うと、ただ胸が痛んだ。

潮の香りに紛《まぎ》れて、煤《すす》の匂いが漂う。

人気《ひとけ》のない倉庫街の片隅まで来て、遼一郎はぴたりと足を止めた。

「どうした?」

昨日のこともあり、国貴の心は騒ぐ。

「――駄目です。やはり俺は、あなたと一緒には行けない」

静かだがあまりに決然とした宣告に、国貴は目を瞠った。

それは密かに恐れていた言葉だった。

「どうして……？　何を……何を、今更」

「今なら間に合います。高飛びしようとした俺を、あなたが捕らえたことにすれば、手柄になりこそすれ、咎められることはない」

「馬鹿なことを……！」

国貴は手を伸ばし、遼一郎のシャツにしがみついた。

「あなたにすべてを捨てさせることなんて、俺にはできない」

「それでもいいんだ」

この世界で一番大切なものを、知ってしまった。

「何もかもなくしても、最後におまえだけがいればいい」

「あの人が――浅野少尉が何も手を打っていないとは考えられません」

その点については、国貴も同意だった。しかし、だからといってここで諦めろというのか。

「浅野少尉の差し金でなくとも、この先に追っ手がいる可能性だってあります。もし、俺と逃げようとしているところで捕らえられれば……」

「僕は、それでもいい」

人の心を形作るのは、理性ではなく感情だ。

因習にも体制にも覆《くつがえ》すことのできぬ、情熱というものこそがすべてを凌駕《りょうが》する。

「断ち切るんじゃなかったのか。古い制度に囚われたこの国を新しくしたいんじゃなかったのか？」

「それは……」

囚われているのは、きっと遼一郎のほうだ。

古い体制や慣習、身分、そして仲間というもの。

それらすべてに必要以上に呪縛《じゅばく》されているからこそ、遼一郎はその社会を壊そうと試みたのだ。

だから、選んでほしい。

二人で生きていく未来を。

たとえこの先に何が待ち受けていても、それでもいいと言えるほどの情熱で。

遼一郎がいなければ、国貴は生きていけない。

引き離されたらきっと死んでしまう。

行きたいのは、ただ当たり前に歩ける場所だ。こんな風に、二人でいるだけで怯えなければならない世界には飽き飽きした。

「わかってください。俺は——あなたを愛している。あなたを死なせたくない」

「僕だって一緒だ」

遼一郎の気持ちは、国貴にも痛いほどにわかった。

自分が彼と同じ立場なら、同じ選択をしただろう。

だけど、それでは二人の未来はなくなってしまう。

「でも、万に一つでも可能性があるなら、僕はそれに賭けたいんだ」

「ですが」

「僕は運命なんて信じない。僕の人生は僕が決める。おまえにどんなに迷惑だろうが、僕はおまえと生きて、おまえと死ぬことに決めたんだ」

答えはなかった。

「選んでくれ。おまえの人生を」

手を差し伸べ、国貴は遼一郎にそう促す。

遼一郎は動かなかった。

「——遼」

遼一郎はこちらを振り返る。

真摯さと静謐さを湛えたその表情は、あの日の遼一郎のものと同じだった。

すべてが始まった、あの瞬間から。

一度大きく息を吸い込んでから、遼一郎はこちらを見つめた。

そのときだ。

「成田っ⁉」

突如、名前を呼ばれた遼一郎は、はっとした顔つきになって躰を強張らせた。

浅野か？　それとも、憲兵か。

そう思って振り返った二人の目に映ったのは、一人の小柄な青年の姿だった。

「高橋《たかはし》……どうして、ここに……」

遼一郎に高橋と呼ばれた青年は、怒りに顔を紅潮させ、二人を睨みつける。固く握り締められた両手はぶるぶると震え、彼の興奮を表していた。

「見損《みそこ》なったぞ、成田！　薄汚い人殺しになって、高飛びかよ！」

どこかで見覚えのある青年だった。

遼一郎の勤めているという書店で見かけたような気がする。

――そうだ、あの夜、大谷が死んだと知らせてきた青年の声だ。

相手が憲兵でないということにほっとした国貴だったが、ここで油断するのは禁物だった。

「仲間を殺して、田中さんを自殺させて、一人で逃げるのか⁉」

遼一郎は一歩踏み出し、国貴をその背に庇うようにして、高橋の目前に立ちはだかった。

「落ち着け、高橋。どうしておまえはここにいる？」

「――浅野が……あいつ……憲兵の浅野が教えてくれたんだ。おまえは裏切り者だって」

びくりと遼一郎の躰が強張るのがわかった。

「はじめは全然信じてなかったけど、おまえを見張っていればわかるって言われて、それで……」

そこで彼は言葉を切った。

高橋の言葉の端々に逡巡《しゅんじゅん》が見て取れる。彼自身も混乱しているのだと、国貴は思った。

「俺はそれでもいいと思ったんだ！　おまえが軍人

と友達だろうがなんだろうが、運動に打ち込んでくれるなら」

彼はそう告げて、遼一郎を睨みつけた。

「だけど、逃げるなんて思わなかった……本当に逃げるなんて、全然思わなかった」

「おまえは、浅野の言いなりになって、のこのこついてきたのか？」

「連れ戻しに来たんだよ！　そいつを殺して、おまえを連れ戻す！　そいつがいなけりゃ、おまえは俺たちのところに戻ってくるんだろ！」

青年は懐《ふところ》からナイフを取り出して、国貴に向かって突進してきた。

しかし、それより先に遼一郎が高橋の前に回り込み、立ちはだかる。

「遼！」

「やめろ、高橋」

高橋は遼一郎の左眼の死角を狙って、ナイフを繰り出した。

「ッ」

遼一郎はすんでのところでそれを躱《かわ》すが、頬を掠めたのか、風に鮮血が混じる。

「遼っ！」

「俺は大丈夫です！」

動こうとする国貴を制し、遼一郎はそう怒鳴った。

ナイフを振り上げた彼の右手を摑み上げ、遼一郎は彼の至近《しきん》で言った。

「高橋、殺したければ俺を殺せ。だが、国貴様に危害を加えることは、許さない」

「畜生！」

高橋は身を捩って遼一郎の手から逃れると、再び立ち向かっていく。

遼一郎は咄嗟《とっさ》に身を屈め、高橋の腹に手加減なしに拳《こぶし》を叩き込んだ。ぐ、と彼が呻き、そのまま路上にがっくりと膝を突く。

彼の手から落ちたナイフを、遼一郎は拾い上げた。青年は戦意を喪失したのか、その手で道路をがりがりと引っ掻き、涙に濡れた瞳で遼一郎を見つめた。

「な…んでだよ……、成田！　なんで俺たちを見捨てるんだ！」

まるで子供のように、青年は泣きじゃくる。

「行かないでくれ……」

悲痛な声だった。

「みんなわかってんだ！　おまえが大谷を殺すわけないって！　なのに……なんで、見捨てるんだ……」

嗚咽《おえつ》に紛れた声に、国貴はひどく胸が苦しくなった。彼らは遼一郎を信じ、そして必要としている。スパイだったことさえも帳消しにしようとして。

「仲間だったろ!?　一緒にこの国を変えるんじゃなかったのかよっ！」

彼がどれほど遼一郎を慕っているのか、その痛々しい声を聞けばわかった。


国貴の所行は、なんと罪深いものなのだろうか。愛も友情も信頼もすべて踏みにじり、国貴は遼一郎を奪おうとしているのだ。

たった二人で生きていくために、危険な賭けを試みてまで。

遼一郎のまなざしが、ありありと憂いに沈む。

彼は、もしかしたら仲間を選ぶかもしれない。その考えに、国貴はぞっとした。あり得ないことではなかったからだ。

「頼むよ……成田……」

おそらく、これが浅野の見せた手札だ。

国貴は直感した。

この青年は本当に、遼一郎を慕っている。

暴力でも権力でもない。たった一人の仲間の言葉は、百人の兵にも勝る。ただ仲間を思う純粋な心だけが遼一郎を引き留めると、浅野は知っているのだろう。

他人を裏切ることに良心の呵責《かしゃく》を抱く遼一郎の誠実さこそが、浅野の最後の切り札なのだ。

長い時が過ぎたような、気がした。

「――すまない、高橋」

片膝を突いた遼一郎は、高橋の肩に手を載せる。ひどく優しい声だった。

「許してくれと言う資格は、俺にはない。だが、おまえを傷つけたことだけは、謝らせてくれ」

「逃げられるわけがないだろ！」

彼は掠れた声を張り上げた。

「憲兵なんか敵に回して、どこに行けるって言うんだよ……」

「それでもかまわない」

遼一郎は言い切った。

「この人となら、どこへでも行ける。たとえ地の果てでも」

「…………」

「行き先なんてなくてもいい。どこにも辿り着けなくてもいい。この人がいるだけで、俺には生きる意味がある」

高橋は遼一郎の姿を目線で追ったが、もう立ち上がろうとしなかった。

「仲間よりも思想よりも、大事なものがあるんだ」

彼のその瞳には、失望と諦めの色とが浮かんでいる。遼一郎の固い決意を思い知ったのだろう。

「だから……いっそ幻滅してくれ。俺は軟弱な男なのだと、仲間より国家よりも色恋沙汰《いろこいざた》を選ぶ男だと思って、忘れてくれ」

浅野の出してきたカードは、なんと非情なものなのだろう。

あの男はすべてを知り尽くしている。

友人を撃てない国貴の弱さを、他人を裏切ることのできない遼一郎の誠実さを。

だが、浅野には誤算があった。

そこに情熱があるということを、忘れていたのだ。

「――俺だけが……俺だけがおまえを止められるって、浅野は言ったのに」

「高橋」

「でも、俺にはできない」

喘ぐように彼はそう呟いた。

「おまえは友達だから……」

辛そうに遼一郎は視線を落とし、そして首を振った。

「――――すまない、高橋」

沈黙の合間に、国貴は高橋の微かな嗚咽を聞いた。

「犬死にしたら、許さないからな」

小さな小さな声で、高橋はそう呟く。

その言葉に、ずきりと胸が痛くなった。

それでも奪うのだと決めた。

遼一郎をすべてから奪い取ると。

この恐ろしいほどのエゴイズムを他人から責められたとしても、国貴は何とも思わないだろう。

後悔するくらいなら、初めからこのような方法を選んだりはしない。

「お待たせして申し訳ありません」

遼一郎はそう言って、国貴に向かって無骨な手を差し伸べる。

まるで魔法をかけられたように自然に、国貴はそこに自分の手を載せた。

この先に絶望的な結末があったとしても、それでもかまわない。

二人で生きていける未来を探すことだけが、国貴の望みだ。

それが遼一郎の望みでもあると、知っているから。

「行きましょう、国貴様」

彼の手が、包み込むように国貴の手を握り、その指に力を込めてきた。

言いたいことは、たくさんあった気がした。

けれどもそれは、言葉になることはない。
たった一つの言葉以外には。
「遼……」
万感《ばんかん》の思いを込めて、国貴はその名を呼んだ。
遼一郎は振り返り、わずかに口を開く。
ほかの船が出航するのだろうか。
笑みを浮かべて彼が囁いたその言葉を、折からの汽笛《きてき》が掻き消していった。

この夜が明けても

1

「ん……」

寝返りを打ったついでに目が覚め、清潤寺国貴《せいかんじくにたか》は寝台から身を起こした。隣で寝ていたはずの人物の姿はなく、そのことにどきりとしてしまう。

立ち上がると、鈍く腰が痛む。

ホテルの三階から外を見下ろせば、すでに人々が動き始めている。市場に行くのか、いわゆる人力車である黄包車《ワンポーツ》が行き交うのがまるで波のようだ。物売りや花売りの声が聞こえ、中国語の意味はわからないまでも、そのにぎやかで猥雑《わいざつ》な光景は見ていて楽しかった。

初めて見る上海《シャンハイ》の朝に、国貴は少しだけ微笑ましい気分になる。椅子《いす》を引き寄せて窓辺に座り、夢中になってその光景を眺《なが》めた。シャツを羽織っているだけなので、秋の空気が少し肌寒かったが、外の景色は見飽きることがない。

そこで無遠慮に扉が開き、国貴ははっとして戸口を見やった。

「――国貴様……おはようございます」

扉を開けて室内に足を踏み入れた成田遼一郎《なりたりょういちろう》は、国貴を見て快活《かいかつ》に笑う。

「遼」

「起きても大丈夫ですか？」

国貴はこくりと頷く。まだ腰が怠《だる》かったものの、動けないというほどではない。

遼一郎のその言葉の中に昨晩の行為を思い出し、国貴は思わず頬を染めてしまう。

彼の目の下にできたうっすらとした隈《くま》すらも、その男ぶりを引き立てるようで、国貴の胸はわけもなく騒いだ。

「よく眠ってらしたので、起こすのも忍びなくて」

遼一郎はそう囁くと、国貴の頬《ほお》にそっと手を触れる。彼の指先の動きに促されるようにその顔を見上げれば、遼一郎の瞳が自分を見つめていた。

上体を屈めた彼の唇が国貴のそれに触れ、そして離れていく。

昨晩は飽きるほど貪った唇なのに、こうして触れればまた新鮮な悦《よろこ》びを感じるのが、不思議だった。

「朝食になりそうなものを買ってきました。食欲があるなら、召し上がってください」

「外に出たのか?」

今更のように尋ねると、彼は苦笑した。

「出なければ何も買えませんよ」

「だが、上海には日本人が多いと聞く。誰かに見つかったら……」

「ここは共同租界《そかい》だから、西洋人のほうが多いんです。それに、見つかるとすれば、国貴様のほうでしょう。あなたは目立ちすぎます」

そう言われれば、国貴としても何も言えなくなる。

上海では、十九世紀半ばから、『租界』という各国の居留《きょりゅう》地が形成されている。英米の共同租界、フランス租界のほか、中国で一旗揚げようという日本人が住み着くうちに、共同租界内に自然と形成された事実上の日本租界があった。

長崎からならば二日とかからぬうえ、渡航に際して旅券《パスポート》も必要ない。そのため、犯罪者や臑《すね》に傷を持つ者がたむろする街でもある。まさに『魔都《まと》』と呼ぶに相応しい街だと、噂には聞いていた。

「それなら、僕の名前に『様』を付けて呼ぶのはやめてくれ」

「今更、呼び方を変えることはできません」

「でも、そんなに丁寧《ていねい》な話し方をされるほうが怪しまれる」

自分たちは追われる身の上で、この土地にも昨日辿り着いたばかりなのだから。

無事に日本を出られたのはよかったものの、だからといって、この上海を永住の地にできるかは考えものだ。

ここは自由が溢れていたが、日本からは近すぎる。こうして無事に上海に逃げ延びることができたのが、国貴には不思議だった。

旧友であり憲兵の浅野要《あさのかなめ》のことを思い出すと、気持ちが重く沈んだ。

なぜ浅野は、自分たちをもっと執拗《しつよう》に追わなかったのだろう?

結局、港への追っ手は、遼一郎の仲間である高橋《たかはし》以外にいなかった。

もちろんそれは国貴たちにとっては有り難いことではあったのだが、何事にも非情な浅野らしからぬ失態だとも言えよう。

それがある意味で、ひどく不気味だった。

突然に押し黙った国貴を見て、遼一郎は不審を感じたようだ。

「何を考えてらっしゃるのですか?」

「浅野のことを」

それを聞いて、遼一郎は微《わず》かに眉をひそめる。

「ああ、すまない。ただ、あっさりと僕たちが日本を出られたことが不思議で」

「——あの人は、本気であなたを好きだったのでしょう」

わずかな躊躇《ちゅうちょ》ののち、遼一郎は小さく呟く。

「だが」

それならば、浅野は鼠《ねずみ》をいたぶる猫のように、国貴を追い詰めることを選ぶはずだ。

「逃がしてくれたのだと思います」

遼一郎は酷く言いにくそうにそう告げた。

「逃がす……?　あいつが?」

そんなことを信じるのだとすれば、遼一郎は相当のお人好しだ。

浅野は人の心にある優しさや情愛というものを、平気で武器にできる男だ。それを切り札にして他人を利用することに、何ら躊躇《ためら》いを持たない。

その浅野に、人並みの人情があるとは考えられなかった。

「手に入らないからと相手を殺すよりは、生かしておいて、また次の機会を狙う。浅野少尉《しょうい》は、そういう人です。あなたを無理に連れ戻したら、それこそ自害されると思ったのかもしれませんし」

「僕がいずれ、あの男のものになるとでも言いたいのか？　ぞっとしない発想だな」

遼一郎の唇が額に触れる。

「まさか。俺はあなたを、誰にも渡したりしない……絶対に」

「遼」

照れてしまうほどの真摯《しんし》な囁きののちに、遼一郎は国貴の唇を啄《ついば》んできた。

その軽いくちづけでさえも、互いの情欲を煽《あお》るものだと知っているのに。

止められない。

「んん……」

舌を絡められて吸い上げられると、ぼんやりと思考が滲《にじ》む。

遼一郎は、こうした性的な技巧に長《た》けているのだろう。そうでなければ、触れられただけで躰がぐずぐずに溶けてくるわけがない。

「あっ」

付け根を撫でられて、布越しだというのにはしたない声が漏れた。

「待て、」

「駄目です」

船の中で触れられなかった分を取り戻すように、

昨晩から明け方まで遼一郎に空《から》になるまで搾《しぼ》り尽くされたはずだった。なのに、軽く愛撫されただけでまだとろとろと雫《しずく》が溢《あふ》れ出す。そのはしたなさが嫌になるというのに、窓に押しつけられたまま衣服を引き下ろされ、国貴は狼狽《ろうばい》した。

「ここは……外、から……」

実際にはほかに高い建物がないのだが、誰かに見上げられたらわかってしまうかもしれない。国貴は流されまいとするように、掌《てのひら》に爪を食い込ませた。

「見せてやればいい」

義眼の左眼に差し込む光のせいか、遼一郎のそのまなざしはいっそ酷薄にすら見えた。

「やっ」

濡れた指先が蕾《つぼみ》を探り、国貴は悲鳴に近い声を上げた。何か摑まる場所を求め、指はカーテンを捉える。

「りょう…っ…」

ぬめった感触とともに遼一郎の指が入り込む。昨晩の情交の名残《なごり》はどこにもないというのに、それでも浅ましいほどに容易《たやす》くこの躰《からだ》は綻《ほころ》びた。

「……あ…、ああっ……」

指を回すようにしながらねじ込まれれば、生理的な涙が溢れ出す。

「国貴様」

彼の唇が国貴の頬に触れ、その涙を舐《な》めた。指を引き抜かれ、今度は遼一郎に後ろを向かされる。窓に手を突き、国貴は立ったまま男に貫かれた。

「……っ!」

こんな酷い体勢で彼に繋がれるのは初めてで、どうすればいいのかわからなかった。

「力を……抜いていただけますか」

背後から注ぎ込まれた遼一郎の掠れた声が、鼓膜《こまく》をくすぐる。

「待っ、…ん…くうっ」

入り込んできた圧倒的な質量に犯され、国貴は喘《あえ》ぐほかなかった。

「——いい加減に、あの男のことなど、忘れてもいいでしょう……？」

低い声で遼一郎が囁く。

忘れることなど無理なのだけれど、彼の言いたいことは国貴にもよくわかった。

国貴だって誰のものにもなりたくない。

遼一郎以外の相手に所属したくはなかった。

「遼……りょ、……」

遼一郎がこの躰に入り込み、すべてが彼で満たされていくのを——感じる。

「せっかくここまで」

「…は…あっ……」

指が硝子《がらす》窓を引っ掻《か》いて耳障《ざわ》りな音を立てたが、こうして行為が始まれば、国貴は何もかも忘れた。

淫《みだ》らに内側を責め立てられれば、触れられるまでもなく国貴の躰は高ぶり、蜜を滴《したた》らせてしまう。

それでも自分で触れるなどというはしたない真似《まね》もできず、国貴は半ば泣きながら身を捩《よじ》った。

「……も、う……おねが……」

遼一郎の手が前に伸び、切なげに雫《しずく》を零《こぼ》す国貴のものを包み込むように触れた。

昨晩もあんなにされたのに、それでも快楽は溢れ出す一方だった。あやすように軽く弄《いじ》られただけで、脳にまでその刺激が突き刺さるような気がした。

「…く……んんっ」

前も後ろも遼一郎に絡《から》め取られ、国貴はその淫楽に喘ぐ。過敏な肉襞《にくひだ》をいつになく乱暴に遼一郎に征服されれば、何も考えられなくなってしまう。

「国貴様……」

彼が抜き差しするたびに、全身が戦慄《わなな》いた。

「あ……ッ！」

遼一郎の手の内に精を放ったのち、ややあって彼が国貴の内側を満たすのを感じた。

彼が楔《くさび》を引き抜くと、情欲の名残がとろりとそこから溢れ出す。

息を整えながら窓に寄りかかっていた国貴は、やがて着衣を直し、遼一郎を軽く睨《にら》みつけた。

「こんな……朝から……」

「あなたが俺のそばにいると確かめるためには、朝も夜も関係ない」

「——だからって」

どちらが我《わ》が儘《まま》を言っているのか、国貴にもわからなかった。

お互いを大切な存在だと信じているはずだったが、どうすれば相手を守れるのかがわからない。だからこそ歯がゆいのだ。

「それより食事にして、これからのことを考えましょう」

遼一郎は微笑し、紙袋を開いた。


「……わかった」

時化《しけ》のために欧州《おうしゅう》行きの船は出航できず、当分はこの地に足止めされてしまう。その間に追っ手に見つかることなど、絶対に避けたかった。

この世界のどこかに、二人で生きていける場所があるのだろうか？

追われることに怯えず生きていけるところが。

壊れそうに脆《もろ》いこの幸福を繋げていけるところが。

「日本租界に足を踏み入れなければ、平気でしょう。いや、むしろ上海のほうが安全かもしれません。木は森に隠せと言いますし、人込みに紛《まぎ》れたほうが隠れ住んでいられる」

「だけど」

「怖がっていても仕方ないでしょう」

不安で、不安で、不安だった。

幸福の内側にあるのはいつも恐怖でしかない。

いつかこの愛しい相手を奪われてしまうのではな

いかという、恐れのみだ。

「大丈夫ですよ、国貴様。俺が働き口を探してきます」

「なに……?」

「この先、どこに行くにしても、あなたを三等の船《せん》倉《そう》になんて押し込められません。せめて二等の切符を買えるよう、金を稼いできます」

「金ならないわけじゃない」

「でも、無限というわけでもないでしょう。どちらにせよ、生活費は必要ですから」

働くなんて、無理に決まっている。そんな危険な真似をさせるわけにはいかない。

一番料金の安い三等の船倉が駄目だと彼が言うのは、人々が雑魚《ざこ》寝《ね》するあの独特の臭いに酔い、国貴がまるまる二日ほとんど何も食べられなかったせいだろう。確かに、もっと遠い欧州へ、三等で行くのはぞっとしない。

「それなら、僕も働く」

「先ほども言いましたが、ご自分がどれほど目立つか考えてください」

遼一郎は困ったように肩を竦《すく》める。

「おまえは、働くなんて、何をするつもりだ?」

「躰を使える仕事なら、言葉が通じなくてもどうとでもなります」

「だって」

「――目なら、平気です。問題ありません」

己の懸念《けねん》を先回りされたことにかっと頬が熱くなり、国貴には何も言えなくなった。

この世界のどこでもいい。二人きりで生きていきたかった。だから自分は、遼一郎を脅迫《きょうはく》してまで日本から連れ出したのだ。

けれども、それは正しいことだったのか。

今こそ義眼のことを聞いてみる、いいきっかけなのかもしれない。しかし、これが国貴のせいだと言われたら、自分はどうやって償えばいいのだろう。

遼一郎からこれ以上何を奪えば、国貴は満足できるというのか。

「もし歩けるようでしたら、午後には出かけませんか？　街を見るのも楽しいですよ」

「あ、ああ……うん」

「どこかで帽子でも買ってきましょう。国貴様が目立たないように」

言う機会を逃した言葉は苦い感情と共に、じわじわと胸中に沈み込み、波紋になって広がっていった。

2

ホテルを引き払った二人は、上海にしばらく滞在することにした。

日本人が多いことを危険と考えるか安全と見なすかで、さんざん遼一郎と議論したのだが、同じように後ろ暗い過去を持つ者が多いのであれば、隠れ蓑《みの》になるだろうという結論になったのだ。

実際、羽振《はぶ》りの良い日本人やお偉方《えらがた》が住んでいる住宅地は下町ときっぱり分かれており、そちらに足を向けなければいいだけのことだ。

米国租界のある虹口《ホンコウ》近辺は日本租界と言われ、祖国と大差なかった。当たり前のように人々は日本語で会話をし、看板にも日本語が並ぶ。

本当にあの国から逃げてきたのかわからなくなり、既視感《きしかん》に駆られてしまうほどだ。

二階建ての狭い長屋に住居を見つけたが、台所と居間と寝室しかなくて、大邸宅での暮らしに慣れた国貴には、かなり窮屈《きゅうくつ》だった。

もっとも、どんな暮らしであれ、遼一郎と一緒にいられるのは、国貴にとっては喩《たと》えようもない幸福となる——はずだった。

だが。

一人で部屋に取り残された国貴は、ため息をつく。

こちらが驚くほどの行動力で、遼一郎はあらゆる段取りを決めていった。部屋一つ借りたことがなくまごついている国貴を見かねて、家具がついている適当な物件を探し、当面の生活に必要な道具を揃え、おまけに仕事口まで見つけてきた。

昨日は引っ越しやら何やらで一日が過ぎてしまい、今日は朝食と国貴の昼の支度をすると、遼一郎はさっさと仕事に出かけてしまっていた。

見つけてきたのは家を建てるための作業員の仕事だそうで、中国人に紛れているらしい。国貴も外に出て働きたいのに、そう口にすると遼一郎には厳しく拒絶され、話を持ち出すたびに口論になった。

家でもできる仕事を考えましょうと彼は言ってくれたが、料理どころか裁縫《さいほう》も何もできない自分には内職なんて無理に決まっている。

いつもは国貴の意見も聞いてくれるのに、この件に限っては、遼一郎は頑《かたく》なに認めようとしない。

確かに外国へやって来れば、国貴みたいな人間は役に立たないかもしれないが、壊れ物みたいに大事にされるのはどうしたって性《しょう》に合わなかった。

遼一郎が頼りになるのは、わかる。だけど、彼一人を働かせて、国貴だけが家でのんびりと帰りを待つなんて、絶対に嫌だ。

二人で新しい生活を作るのだから、国貴だってその手伝いをしたい。

少しばかりの金はあるし、出かけて夕飯の支度でもしよう。疲れて帰ってくるであろう遼一郎に、それくらいのことはしてあげたかった。

国貴は上着を身に纏《まと》い、鍵を閉めて商店が建ち並ぶあたりへと出かけた。

一度馴染《なじ》めば、租界の猥雑《わいざつ》で活気のある雰囲気は国貴には興味深かった。

肉屋、魚屋、八百屋。道端に投げ捨てられた魚の臓物《ぞうもつ》を野良猫が漁《あさ》り、肉屋には豚の頭がぶら下がっている。

走り回る苦力《クーリー》、スカートを穿《は》いた女性たちの細い臑《すね》。船員や工員が利用する風呂には湯女《ゆな》が数多く勤めている。春婦《しゅんぷ》に酌婦《しゃくふ》と、いかがわしい職業の女性たちは多いようだった。

表通りに出た国貴は、書店の前で足を止めた。雑貨屋を兼ねているようで、狭い店内には文具のたぐいも並べられている。

上海の風景が印刷された絵葉書を見つけた国貴は、思わずそれを手に取る。

このところ考えないようにしていた家族のことが、脳裏を過《よぎ》った。

今頃日本は、清澗寺家はどうなっているのだろうか。郷愁《きょうしゅう》ではない。ただ、混沌《こんとん》とした感情が己の裡《うち》に渦巻いていた。

利己的な自分に、嫌気《いやけ》が差してくる。

家族を捨て、遼一郎から仲間を奪い、自分はここまで逃げ延びてきた。

遼一郎はそのことを、どう思っているのだろう。本当に納得してくれているのだろうか?

「これを」

主人に葉書を差し出し、支払いを済ませる。

絵葉書を書いて投函《とうかん》すれば、きっとそれは憲兵の知るところとなる。いくらなんでも、そんな迂闊《うかつ》な真似はできない。

けれども、それならばなぜ自分はこんなものを買ってしまうのだろう。

出す宛《あて》のない葉書を。

そんなことを思念しながら、国貴は食料品を売っている店に向かった。いったい何を作ればいいのか、考えるだけでも時間が過ぎてしまいそうだ。

一汁三菜が基本だが、味噌汁《みそしる》を作るには味噌が必要だ。昨日買い込んだ調味料の中に味噌はなかったし、葉書の分の無駄遣いをしてしまっている。お吸い物とかそういうものを作ってみよう。あれならば醤油《しょうゆ》と具で何とかなるだろう。

悩んだ末に少々の野菜と肉を買い込み、国貴は部屋へと戻った。

時刻は四時過ぎ。

今から支度をすれば、遼一郎が戻ってくる頃には、夕飯ができあがるだろう。


台所は一階で、洗い場は外にある。長屋のほかの住人たちは、今は出払っているようだった。

さすがに訓練で米は炊いたことがあるため、研《と》ぎ方くらいはわかる。しかし、それ以外の知識はおぼつかず、情けなさに駆られた。

そうしているあいだにも肉は焦げ、適当に切って鍋に放り込んだ野菜も不審な臭いをさせつつある。

——どうしよう……。

貴重な金で買った材料を無駄にしたくはないが、こうなってしまったものをどう軌道《きどう》修正すればいいのか、わからなかった。

「国貴様」

不意に声をかけられて振り返ると、疲れ切った顔の遼一郎が、驚いたようにこちらを見つめていた。

「ああ……遼、お帰り」

「何をなさってるんですか?」

「夕飯の支度を」

「それくらい、俺が……」

そこで鍋を覗き込んだ遼一郎は絶句した。

消し炭になった豚肉と野菜では、さすがの遼一郎も驚くことだろう。

困ったように首を傾げ、遼一郎は「材料を調達してきます」とだけ言った。

「でも、疲れてるだろう？」

「すぐですから」

食料品を売っているような店がある通りまでは、しばらく歩かねばならない。

「僕も行く」

「じゃあ、散歩にしましょう。着替えてきますよ」

唇を噛み締める国貴を見て、遼一郎は慰《なぐさ》めるように笑った。

彼が疲れているのは、張りのないその声にも表れている。

どうすることもできない自分が、情けなかった。


家事さえもおぼつかないのであれば、やはり働き口を見つけるしかない。

遼一郎とは昨日もまた口論をしてしまったが、国貴としては自分にできる仕事を見つけたかった。

といっても、遼一郎を納得させられる仕事を探すのは、難しいことだった。

いつもの店で絵葉書を選び、国貴は奥で勘定《かんじょう》を済ませようとする。どこもかしこも枯れ枝のように細い主人は、いかにも春婦といった風情《ふぜい》の女性と話し込んでいる。

後にしようかときびすを返しかけたとき、主人は国貴を認めて微笑んだ。

「葉書ですか？」

「はい、これを」

はにかんだように国貴が微笑むと、彼は「ああ、そうだ！」と声を上げた。

「いつも葉書を買ってもらってるけど、文字は書けるんですかい？」

「ええ……まあ、それなりに」

「じつはね、こっちのお客さんが、国元のご両親に手紙を代筆してほしいって話で。頼まれてやってくれませんか？」

「いいですよ」

字が書けない者も数多いし、それくらいはべつに大した手間でもない。この土地に滞在《たいざい》しているあいだであれば、問題もないだろう。

「すみません、面倒なことをお願いしてしまって」

「かまいませんよ」

女性が困ったように微笑んだので、特に断ることもあるまいと国貫はその話を気軽に引き受けた。

その場で帳面を借りて、両親に伝えたいという文面を教えてもらう。

「それなら、明日までに書いてきます」

「いいの？　どうもありがとう」

彼女の顔がぱっと和らぎ、そのことに国貫はほっとした。

「こちらに預けておきますよ」

国貫は微笑し、彼女の分の絵葉書を預かった。

書く宛のない絵葉書を買うのは、これで四枚目だ。こうして絵葉書を見つけると、つい買ってしまう。けれども、弟たちのことがどれほど気になったとしても、それを投函することはできない。国貫はそれを旅行鞄《かばん》に放り込んだままだった。

絵葉書を入れた紙袋を手に道を歩いていくと、にぎやかな声と槌《つち》の音が聞こえてきた。

まるで引き寄せられるように、国貫はそちらへと歩いていく。

「——あ……」

遼一郎が、いた。

木材を運びながら、溌剌《はつらつ》とした笑顔で作業員たちと、身振り手振りを交えて何かを話している。

彼はインテリだが、遠目にも惚れ惚れしてしまうようなしっかりした体躯《たいく》の持ち主だ。左眼さえ義眼でなければ、こうした仕事にも向いているのかもしれない。

汗を拭《ぬぐ》いながら木材を運ぶ彼のその姿に、国貴の心はさざめいた。ここに来て遼一郎は、ますますその男ぶりを増した気がする。おかげで国貴は自分の線の細さが気になって、劣等感《れっとうかん》ばかりが増した。

国貴だけが何もしていないみたいで、自分に腹が立つ。

昨日は夕食を作ろうとして失敗し、遼一郎にかえって迷惑をかけてしまった。かといって、国貴も働きに出たいと言えば必ず口論になる。

——もしかしなくても、自分は役立たずなのだろうか……。

そう考えればこそ落ち込んできてしまう。

言葉は通じなくても、遼一郎はこの街での暮らしに適応しているようだった。

自分一人が、取り残されているような気がする。そんな情けない発想に心中《しんちゅう》でため息をつき、国貴はそっと現場を離れた。

二人で生きていくと決めたのだ。どちらかに負担のかかる関係など、国貴には真っ平だった。かといって、国貴にできることなど思い浮かばない。

ここでは参謀本部《さんぼうほんぶ》勤務時代の経験はほとんど役に立たないし、語学といえば英語を少しと、個人的な興味でフランス語を少し勉強したくらいだ。

清澗寺という檻《おり》を、軍部という枠《わく》をはみ出してしまった自分は、情けなくなるほどに無力だった。無能と言ってもいいのかもしれない。

焦《あせ》ってはいけないとわかっていたが、それでも焦らずにはいられなかった。

何もできない自分が遼一郎に主人面《づら》するばかりでは、いつか本当に見限られてしまうかもしれない。

風呂屋や酒場の並んだ路地裏を歩いていた国貴は、煉瓦《れんが》作りの建物を見つけた。酒場だろうか。『給仕《きゅうじ》募集』と墨《すみ》で書かれた貼り紙を目にし、国貴の視線はそれに釘付けになる。委細《いさい》面談に応ずと書いてある。日本語で書かれている以上は、日本人を求めているのだろう。

給仕、か。国貴にも店員くらいできるし、場末《ばすえ》の酒場だったら、かえってこの顔を知る者も少ないだろう。

外から店内を窺《うかが》うと、下ごしらえをしているのか、人の動きがあるのがわかった。

壁にはいかがわしい見せ物のポスターが貼られていたが、酒場である以上は多少のことは仕方がない。意を決した国貴は、その扉を押した。

店内ではくたびれた様子の中年女性が、テーブルに雑巾《ぞうきん》をかけているところだった。

「何かご用？」

彼女は振り向きもしない。

「表の貼り紙を見たのですが」

「あら、給仕希望？　嬉しいわねえ」

ようやくこちらを見た女性のべっとりと濃い口紅に苦手意識を感じたものの、えり好みをしていられない。

「はい。雇《やと》っていただければと思ったのですが」

「ふうん、いい男じゃないの」

咄嗟《とっさ》に科《しな》を作る彼女に無理矢理笑みを作り、国貴は曖昧《あいまい》に頷いた。

「うちはいつでも大歓迎よ。あんたみたいな綺麗な男の人は、特にね。できれば用心棒がよかったんだけど、腕《うで》っ節《ぷし》は？」

「体術なら、それなりに」

「渡りに船だわ。早速、今夜からお願いしたいんだけど、どう？」

「そんなに簡単に決めてしまっていいんですか？　身許の確認とかは……」

呆気《あっけ》ない取り決めに、彼女はころころと笑った。

「だって雇《やと》ってほしくないわけじゃないんでしょ？　働く気があれば歓迎だわ」

「ありがとうございます」

「それに、ここは上海なのよ？　身許の保証なんてものが無意味なのは、誰でも知ってるわ。それとも、もしかして詮索《せんさく》されたい？」

「いいえ、僕は」

国貴が慌てて首を振ると、彼女は「じゃ、いいでしょ」と肩を竦める。

「それで、今夜はどう？」

「家族に説明しなくてはいけないので、明日からではいけませんか？」

「なら、明日の五時に来てちょうだい。いいわね？」

「はい、よろしくお願いします」

「私は宮子《みやこ》。よろしく頼むわ」

「——清田《きよた》、です」

そう言ってしまってから国貴は自分の言葉に改めて照れた。

清澗寺と成田を、咄嗟《とっさ》に足してしまったのだ。

「ほかに何か聞きたいことは？」

「あ、その……できれば、給料は日払いにしてもらえませんか？」

「いいわよ」

彼女は頷いた。

随分簡単に仕事が決まり、国貴はほっとした。自分にもできることがあると認められたようで、そのことがとても嬉しかった。

「賛成なんてできません」

国貴の言葉を聞き、遼一郎は呆《あき》れ顔でそう言った。

「もう決めたんだ。明日から働くと言ったし、宛にされてると思う」

食後に遼一郎が淹《い》れてくれた中国茶は、とても美味しかった。

あれから頼まれていた葉書を書き上げ、慣れないながらも前回の反省を生かして作った夕飯は、遼一郎も褒《ほ》めてくれた。といっても、惣菜《そうざい》は買ってきたもので、国貴が作ったのは薄味のスープくらいのものだ。出汁《だし》の取り方がわからず、塩と卵と葱しか入っていなかったが、遼一郎は美味しいと喜んでくれた。

だが、そのあとに持ち出した仕事の件は、遼一郎には受け容《い》れることができないもののようだった。

「都合が悪くなったと断ればいいでしょう」

「自分から仕事をしたいと頼んだのに、今更断ることはできないだろう」

「責任を感じてらっしゃるんですか？　酒場の給仕なんて、あなたがやらなくてもすぐに代わりは見つかります」

会話は完全に、平行線だった。

「でも、給料は日払いにしてくれるそうだし、条件はそんなに悪くはないはずだ。おまえの仕事場とも近いし、たまに顔を見に来ればいい」

なるべく明るい口調で言ったのだが、遼一郎は眉を寄せたままだ。

「家でできる仕事を考えようと、このあいだも話したじゃありませんか」

遼一郎はなだめるような口調になった。

「料理さえ、まともにできないんだ。内職なんて無理に決まってる」

今日ばかりは、国貴も退《ひ》くつもりはない。

「働きたいという気持ちはわかります」

「じゃあ……」

「でも、あなたは世間知らずすぎます。ご自分の立場を全然わかってないようですね」

「そんなことは、お互い様だ」

むっとした国貴がそう口にすると、遼一郎はため息をつく。

「酒場なんかで働いて、俺を心労で殺す気ですか?」

「おまえは大袈裟《おおげさ》すぎる。そんなことでは、話にならない」

もう口論になるのは沢山《たくさん》だった。国貴は会話を諦め、湯飲みをその場に置く。洗い物を済ませるために、席を立とうとした。

「話はまだ終わっていません。俺は、酒場勤めは絶対に反対です」

「いったいおまえは何が言いたいんだ! ほかの連中が僕に言い寄るとでも言いたいのか!?」

虫酸《むしず》が走る。そんな軟弱《なんじゃく》な人間に見られることが、国貴には我慢がならなかった。

「――そういうつもりではありません。ですが……」

突然、遼一郎の手でその場に押し倒されて、国貴は目を瞠《みは》った。

「遼!」

「お望みなら、そちらを心配しましょうか?」

ぞっとするほど冷たい声音だった。

「確かに士官学校出ならば、護身術もご存じでしょう。でも……あなたは優しすぎる」

背後から抱き込まれ、たくし上げたシャツの隙間から膚《はだ》に触れられる。胸の突起をぐっと押し潰《つぶ》されて、思わず息を呑んだ。

「りょ……」

ここ数日のうちにすっかり敏感になってしまった躰は、それだけの刺激で蕩《とろ》け始めた。

「嫌なら抵抗してみればいい」

「馬鹿、」

遼一郎とほかの男相手では、まるで意味が違う。

「もうこんなに硬くして。こちらも確かめましょうか？」

残酷な物言いをした遼一郎は、国貴の衣服を緩めて下肢に触れてくる。

「いや…だ……っ！」

遼一郎の言いたいことがわからないほど、愚かではないつもりだ。けれども、それでは嫌なのだ。まるで箱に入った人形のように、ただ大事にされているだけでは嫌だ。

対等になりたい。

愛することにおいても、愛されることにおいても。

「遼、頼む……」

彼に暴力で抵抗することだけは、したくない。力による抗《あらが》いなど、何の意味も持たないことを国貴は知っていた。

「あなたを離したくない。頼むから……危険な真似など、やめてください」

遼一郎の低い囁きに、国貴の心は揺らいだ。

わかっている、それくらい。

「でも、僕は……ただ大事にされたいわけじゃない。それくらい、おまえならわかってくれると思っていた」

その言葉に、ふっと遼一郎の腕の力が緩む。

国貴は彼の腕から抜け出し、衣服を直した。

ただ、遼一郎と共にありたいだけだ。彼と歩いていきたい。

その気持ちを、遼一郎に理解してほしかった。

だが、それを口にすることはできなかった。

すべてを説明してしまうのでは、意味がない。

彼が同じ気持ちでいてくれなければ、自分が遼一郎を引っ張り回しているだけになってしまう。

大切なのは彼の意思だった。

この地で得た幸福と裏腹に、国貴はいつも、悔悟《かいご》の念を抱いていた。心のどこかに罪悪感があった。

それを消し去れるのは遼一郎だけだ。

そうでなければ、国貴はこの先永遠に後悔し続けるだろう。それと望まぬ人間を、自分の巻き添えにして連れてきてしまったことを。

「——頭を、冷やしてくる……」

立ち上がった国貴は衣服を整え、玄関で靴を履《は》く。

遼一郎は追ってこなかった。

外はとうに陽が落ち、空には星が瞬《また》いている。

上着を羽織っているとはいえ、時折吹き付ける風は冷たかった。

嫌だった。


国貴様と呼ばれることも、敬語を使われることも。

遼一郎が消し去りたいと願った身分差ゆえの断絶がまだ存在するようで、悲しかった。

遼一郎と同じ目線で同じものを見て、同じ夢を語りたい。

国貴が望むのはいつもそればかりなのに、彼はわかってくれないのだ。

清澗寺の名前も何もかも捨てて、ただの『国貴』という人間になりたかった。

いや、名前などなくてもかまわない。

欲しいのは名前でも家でもなく、ただ彼の一途《いちず》な愛情だけだった。

そうすれば虚飾《きょしょく》もすべて捨て去って、自分はただ遼一郎を思うだけで生きていくことができるから。

しかし、そのために何をすればいいのか、国貴にはわからない。

働いてはいけないのだろうか。共に暮らすための手だてを見つけてはいけないのか。

道端に座った苦力《クーリー》たちがじろじろと自分を見ていることに気づき、国貴ははっとした。なるべく人のいるところに行こうと歩き出した国貴は、いつしかあの酒場の前に立っていた。

働き始めるのは明日からだったが、この扉を押せば、何かが変わるかもしれない。

「あら、いらっしゃい」

酒場の中は、昼間とはまるで別世界のようなにぎわい方だった。

気後《きおく》れさえ覚えて、国貴は目を瞠る。

「あんた、確か昼間の……清田さん、だっけ。ちょうどいいわ。手伝ってくれる?」

胸が大きく開いた服に着替えた女主人は、国貴を見て笑みを見せる。

「はい」

国貴は頷く。

店内は、信じられないほどの活気だった。その場でさいころを振り、賭博《とばく》をしている者。見知らぬ女性の腰を抱いて、口説きにかかっている者。

国貴には目新しくも猥雑な空間に、さすがに圧倒されずにはいられなかった。

「大丈夫? もしかして、こういうところは初めて?」

「そういうわけじゃない。大丈夫です」

「とりあえずこれ、あそこの窓際の席に運んでちょうだい」

「――わかりました」

上着を脱ぐいとまもないまま、国貴は家鴨《あひる》の卵が載った皿を受け取り、それを丁重《ていちょう》に運ぶ。

「どうぞ」

窓際に座っていたのは、いかにも破落戸《ごろつき》といった風情《ふぜい》の二人組だった。国貴を見て下品な口笛を吹く様が腹立たしいが、顔に出すわけにもいかない。

「へえ。見ない顔だな、あんた」

馴れ馴れしい口調で話しかけられて、国貴はお愛想に強張った笑みを浮かべた。

「ここには着いたばかりで、まだ慣れなくて」

「んじゃ、老酒《ラオチュウ》」

「こっちにはビール」

「かしこまりました」

自分だって、遼一郎との未来のためにできることがある。

何としてでも、それをこの手で証明したかった。

注文を受けて老酒とビールを持っていくと、今度は腕を摑まれた。

「あんた、どのあたりに住んでるんだ?」

「この近くに」

腕を振りほどこうか迷ったのだが、客との騒ぎの原因にはなりたくない。国貴はなるべく穏やかに話を持っていきたかった。

「なあ、兄ちゃん、こっちに来て、一緒に飲めよ」

と、そこで隣のテーブルに腰掛けていた若者の一人に声をかけられ、国貴はそちらを反射的に振り返る。

「こいつは俺と話してんだよ!」

「嫌そうにしてるだろ、おまえとは!」

いきり立った破落戸が立ち上がり、青年の襟首を摑む。

割って入るまでもなかった。

あっという間に喧嘩が始まり、グラスや瓶が飛び交う。野次馬たちはげらげらと笑い合ったり、無軌《むき》道《どう》に囃《はや》し立てる。

小競《こぜ》り合いはすぐに店中に伝播《でんぱ》した。

「あんたたち、人の店で喧嘩するのはおやめ! 警察を呼ぶよ!」

窓を割られ、業《ごう》を煮やした女主人が金切り声を張り上げた。だが、彼らは聞くつもりはない。便乗して他の連中も喧嘩を始め、店は争乱の渦へと巻き込まれた。

やがて、ぴりぴりと鋭い警笛《けいてき》の音が聞こえてくる。

どきりとした。

ここは日本租界で、日本領事館と上海居留民団が行政府として機能している。ここでは日本と同じ規範、同じ生活が待っているのだ。

捕まるわけにはいかない。

「あっ」

唐突に肩を摑まれて振り向けば、背後には厳しい顔つきの遼一郎の姿があった。

抵抗するいとまもない。

「遼！」

腕を取られた国貴は遼一郎に引きずられるようにして、表通りへと連れて行かれた。

「遼、痛い」

酒場から遠ざかってもなお、彼はその手を離そうとはしなかった。

どれくらい歩いただろうか。

「——だから、言ったでしょう」

だいぶ遠回りをしてから家の近くまで来て、ようやく遼一郎はその手を離す。怒っているのか、彼の声音はきつく尖っており、そのことに国貴は戸惑いを覚えた。

しかし、彼が怒るのも当然だ。

「すまない」

謝罪する以外に何を言えばいいのか、国貴にはわからなかった。

これは自分一人の問題ではないのだ。

「問題はあなたが美しいことではないし、あなたが弱く見えるということでもない。ただ、ああいうところにいれば、喧嘩や小競り合いは日常茶飯事《にちじょうさはんじ》です。もし警官や軍人の中に、あなたを知っている人がいたら？」

国貴は捕らえられ、遼一郎もまた捕縛《ほばく》されるだろ

う。示唆《しさ》された可能性に、ずきり、と胸が痛くなった。そこまで考えていなかった。

自分はただ、目先のことばかりに追われていて。

「冷えますから、もう入りましょう」

遼一郎の言葉を聞き、国貴は首を振った。

彼を信用しきれなかった自分が悔しくて、憎くてならなかった。

「すまない。僕は、おまえが……僕を見くびってるんだと、思った。どうせ男に言い寄られるんだろうって。おまえがそこまで心配してるなんて、思ってもみなかった」

「国貴様」

「おまえに心配される資格なんて、ないんだ」

それ以上は言葉にならない。

遼一郎は国貴の手を引き、強引に部屋の中へと請じ入れた。

「おまえの負担になりたくない。おまえをこんなところにまで連れてきたのに、僕のほうが、どうすればいいのかわからなくて足を引っ張ってる」

「国貴様、」

何かを言おうとする彼の言葉を、国貴は無理矢理に遮った。

「僕はおまえを無理矢理日本から連れ出した。おまえの大事なものを、全部奪った。だから、嫌なんだ。これ以上おまえの負担になりたくない」

「負担だなんて、これっぽっちも思っていません」

遼一郎は優しく国貴の髪に唇を落とす。

「確かに、国を出るときのあなたのやり方は強引だったかもしれません。でも、最終的に選んだのは俺だということを忘れたのですか……？」

「だけど！」

「本当に一緒に行く気がなければ、あのときにあなたの手を取ったりしません」

おずおずと顔を上げた国貴を見て、遼一郎は頷いた。

「信じてください、国貴様」

彼の瞳に湛《たた》えられる光の優しさに、国貴は戸惑いすら覚えた。

「俺だって、焼き餅《もち》なんてとっくに焼いてますよ。聖人君子《せいじんくんし》じゃあるまいし」

くすりと遼一郎は笑う。

「建前くらい言わせてください。あなただって、嫉《しっ》妬《と》にまみれた俺のことは見たくないでしょう？」

「それは……」

不意に遼一郎は表情を引き締めた。

「あなたと一緒に生きていきたいと思う気持ちは、俺も同じです。だからこそ、どうすればいいのかを考えている。あなたを大事にして甘やかしたいと思う気持ちと同じくらいに……俺は、どうすればあなたと共にいられるのかを考えているんです」

「遼……」

「愛しています」

真摯《しんし》な愛の言葉が、国貴の鼓膜を打つ。

「あなたを愛してる。この気持ちに嘘偽《いつわ》りはない。あなたとのこの生活を、どうしても失いたくない」

「…………」

普段はあまりこうした言葉を言わない遼一郎だけに、その言葉はよけいに国貴の心に響いた。

「あなたが毎日葉書を買ってくるたびに、俺は後悔した。俺がいなければ、あなたをこんなところに連れて来ることもなかったのに」

「知っていたのか……？」

「国貴様が誰よりもご家族を心配しているのは、よくわかっていますから」

「…………」

「それでも嬉しかった。あなたが俺を選んでくれたことが。大切なご家族よりも何よりも、俺の手を取ってくれたことが。そんなことを考えて喜んでしまう、俺のほうが醜い……俺のほうがずるいんです」

違う。

――自分のほうが悪いのだ。

些細《ささい》なことにこだわり、愛情だけを見つめることができなかったのは、国貴のほうだ。

遼一郎は、いつもそばにいてくれた。

国貴のそばに。

本当に遼一郎が必要ならば、国貴様と呼ばれようが敬語を使われようが、どうでもいいことのはずだ。

お互いの心と心があれば。

でも、国貴は怖がって怯えて、本質的なことを捉えていなかったのだ。

ただ共にあることだけを、遼一郎はそれだけを考えていたのに。

なのに、家族を捨てきれなかった。

遼一郎だって、国貴を選んでくれた。それどころか彼は、両親のことも一度だって口に出さなかったのに。

「――すまなかった」

遼一郎ははにかんだように笑い、国貴の背中を軽くさする。

「僕は臆病《おくびょう》なんだ。全部を受け止めるつもりでこの国に来たけれど、おまえを失うのも、自分の罪を直視するのも怖くて……怖くてたまらない」

「罪ですか？」

「家を捨てたことも、おまえを無理矢理仲間から引き離したことも……その目のことも」

「目？」

遼一郎は首を傾げた。

「怖くて聞けなかった。おまえは僕のせいで義眼になったと言っていただろう」

「いつも言っているでしょう。あなたは優しすぎると」

遼一郎は小さな声でそう告げ、国貴の手を取った。

「俺は大人ですよ。何もわからず、あなたを運命から奪うこともできなかった子供じゃない」

「説明になっていないだろう、それじゃ」

「この目は、浅野にくれてやったんです。忠誠《ちゅうせい》を手っ取り早く示す手段でしたし、あの男は裏切らないという証《あかし》を見せろと言ってきた」

「まさか……自分で……？」

目を抉《えぐ》らせたというのか。浅野らしい趣味の悪さだった。

「はい。ですが、あなたの身を守るためならば、壊れかけた目など安いものだ」

「でも……そんな！」

「彼は知らなかったようですが、どうせ怪我をして、左眼はほとんど視力がありませんでしたから」

そのわずかに含みのある言葉に、はっとする。

「もしかして、原因は……あのときの怪我なのか？」

「ええ。あのとき、俺は折れた枝で怪我をした。あなたとの約束を破ることになったのも、そのせいです」

まるで何事もないことのように、遼一郎は淡々と告げる。

「いつか俺の目が両方とも見えなくなったら、そのときは俺を捨ててください」

「そんなこと、できるものか」

国貴は首を振り、遼一郎の唇に触れた。

「一生だと誓ったはずだ」

もう一生離れない。

この夜が終わったとしても。

「この先一生、おまえと生きていく。僕の過去も現在も未来も、すべておまえのものだ」

国貴は遼一郎の額に唇で触れ、次いで目を閉じた彼の左眼の傷に恭《うやうや》しく接吻した。

国貴は遼一郎を寝台に座らせると、服地を掻《か》き分けて彼の下腹に顔を埋める。

ただ繋がりたくて、一つになりたくて、互いに服を脱ぐ余裕さえなかったのだ。

「ふ…っ」

緊張に詰めていた息が漏れ、そのまま先端を軽く舐める。

「国貴様」

遼一郎の声が咎《とが》めるような調子を帯びる。だが、国貴はそれを押しとどめた。

「……こう、したいんだ」

唾液《だえき》を絡ませた舌でそれに触れると、遼一郎の躰がわずかに震えた。

「遼……」

この男のすべては自分のものだ。

他人を自分のものだと自覚したことはなかった。

国貴の手に入るものはいつも砂のように儚《はかな》く失われ、その繰り返しだった。

それゆえに、その感情は強烈な独占欲に変換され、国貴は夢中になってそれを舐《ねぶ》った。

容積を増した遼一郎のそれで上顎《じょうがく》を引っ掻かれ、国貴の躰は切なく震える。男のもので口腔《こうこう》が擦《こす》られるだけで、彼が体内に押し入る瞬間を思い出し、なすすべもないまま躰が熱くなった。

「ッく」

水音を立てて舐め上げれば、遼一郎が反応するのが如実《にょじつ》にわかる。

次第に舐めていたものの味が変わり、その事実になおさら愛おしさが増した。

「——国貴様、もう……」

控えめな口調で遼一郎に言われて、国貴は顔を上げる。口元も手も、唾液にまみれてべとべとだった。

「な、に……?」

「口を、汚してしまいます」

「いい…から……、このまま……」

唇を窄《すぼ》めるようにして根本から吸い上げると、遼一郎は低く呻《うめ》く。その官能に満ちた声音にたまらなく胸が痛んだ。

国貴様、と彼が低く呟く。

同時に熱いものが口腔で弾《はじ》け、国貴はその粘《ねば》つく体液を飲み下しながら、遼一郎から顔を離した。

「申し訳ありません、国貴様」

「いいんだ。僕が、こう……したかったから」

零《こぼ》さぬように口元を手で拭うと、遼一郎はわずかに目元を染めて視線を逸《そ》らし、そして。

国貴の肩を摑んで、敷布《しきふ》に押し倒した。

「遼、」

「今度は俺の番です」

服を脱ぎ捨てた遼一郎はそう囁くと、国貴の下着越しにそこに触れる。

露《あらわ》になった彼の膚と張り詰めた筋肉に、国貴は思わず息をついた。

「ッ」

「ああ……もう、こんなになさってる」

彼のものを咥《くわ》えたせいだとは、さすがに口に出せない。

ただ羞恥《しゅうち》に頰を染める国貴を見て遼一郎は愛おしげに微笑し、衣服を引き下ろして下半身を剝き出しにしてしまう。

遼一郎は優しい指先で国貴に触れた。

「ん、や……あ、っ……！」

父親譲りの淫らな肉体は、遼一郎の愛撫に応えて敏感に反応した。

胸の突起を摘《つま》まれて転がされ、それは彼の手で紅く色づき、固く凝《しこ》る。

「膝を立てて、脚を開いてください」

国貴は首を振ったが、遼一郎に優しく額にくちづけられれば逆らうことなどできず、それに従った。

見えてしまう――。

与えられる淫靡《いんび》な悦楽を期待し、打ち震える卑猥《ひわい》な器官が。

「あ、あっ……りょう、……ッ」

茎を咥えられて舐められると、それだけでじわじわと思考が淫欲《いんよく》に蝕《むしば》まれていく。

喘ぐ口元を、情欲に濡れた瞳を見られたくなくて羞恥に両腕で顔を覆えば、遼一郎はその手をどけてしまう。

「駄目です、国貴様。もっと……見せてください、あなたを」

「遼、…でも…っ……」

うっすらと目元を染め、国貴は恥ずかしくてたまらないと訴えた。

しかし、遼一郎はそれだけでは飽き足らないのか、敏感な窄まりに舌を這わせてくる。

「ッ」

声にならなかった。

「……嫌……いや、だ…っ……」

固く閉ざされた部分を綻《ほころ》びさせるように、遼一郎の舌は淫らに開花を迫った。

ぐちゅっと音がして、濡れた天鵞絨《ビロード》のようななめらかなものが入り込む。

「くう……、ん、んん――っ」

それでも普段より鋭敏になっていた躰は、遼一郎の施す快楽を受け容れてしまう。

時折慰《なぐさ》みに触れられるだけで、茎は切なげに震え、蜜を滴《したた》らせて遼一郎の指を濡らす。

「は…ふ…、うくっ…」

指を埋められる感触に堪《こら》えきれずに腰を震わせれば、遼一郎は愛しげに国貴の性器に唇を寄せてきた。

「りょう……も、いい、から……遼……っ」

ぴくぴくと脈打つそれに指を絡めて蜜を搾られると、ただ喘ぐことしかできなかった。

指で内部を捏《こ》ねられ、そこがまるで生き物のように蠕動《ぜんどう》しているのが——わかる。

「まだです。全部、あなたを味わってから……」

身を起こした遼一郎は今度は鎖骨のくぼみに舌を這わせ、国貴の胸を弄《いじ》る。

そこを弄られればすっかり感じるようになってお
り、指で潰されるたびに、電気のような快楽が神経を突き通った。

「……ん、っく……」

ただ、蜜が溢れ出す。

じんじんと下腹部は疼《うず》くのに、欲しいものが与えられない。強すぎる快楽が神経を埋め尽くし、何も考えられなくなってしまう。

「お、ねが……い……っ」

身を捩《よじ》って泣き出すと、遼一郎は戸惑ったように国貴を見下ろした。

「欲しい……」

「国貴様」

「……たの、む……から……」

啜《すす》り泣くように一言一言を押し出すと、遼一郎はわずかに目を瞠る。

「おまえを……」

覆い被さるようにしてきた遼一郎が、右手でその頬に触れてくる。

「いいんですか?」

浅ましい願いを口にした羞恥からおそるおそる頷くと、遼一郎はふっと微笑んだ。

「そんな顔、しないでください。まるであなたを虐《いじ》めてるみたいだ」

そう囁いた彼は、布団の上に座る。

「こちらへ、国貴様」

「え……?」

「ご自分で挿《い》れられるでしょう……?」

かあっと頬が熱くなってくる。

「受け止めてください。——俺のことを、すべて」

意を決した国貴は、脚を開いて膝立ちで遼一郎に跨《また》る。充実した彼の欲望に手を添え、窄まりにそっと押し当てた。

「っ」

びくん、と躰が強張った。

いつも触れるだけで陶酔《とうすい》と快楽をもたらしてくれるそれは、自分で納めようとすると、まるで凶器のようだ。

「酷いことはしません。優しくしますから」

もう一度それに手を添え、密やかに収縮を繰り返す入り口に触れさせる。息を吐き出しながら腰を下ろせば、ほんの少しだけ切っ先が入り込んだ。

「う…ッ」

「大丈夫ですか……?」

「……うん……」

国貴は健気にそう返し、もう一度息を吐きながら、徐々に遼一郎を躰に納めていった。

彼の首に腕を回し、なるべく力を抜きながらそれを納めていくと、襞《ひだ》を擦《こす》りながら遼一郎が国貴を征服していく。

他人の存在を嵌《は》め込まれることを覚えてしまった躰は、たまらない悦楽を感じるばかりだ。

「…っくう……」

過敏な襞を堅い楔が抉《えぐ》り、国貴に新たな快楽を伝えてくる。

「国貴様」

「おま、えが……ここに……」

痛みからではなく、繋がっているのだという悦びから、国貴の瞳から新たな涙が溢れた。

何もいらない。

求め合う気持ち以外に何もなくてもいい。

求めるものも求められるものもただ目の前にあり、その熱と存在に溺れるだけでいい。

「……あ、あっ……ああっ」

彼の胸に顔を埋め、本能の命じるままに躰を上下に揺すると、遼一郎の息づかいもそれに応じるように荒くなった。

国貴のそれは遼一郎の下腹に擦られ、またも蜜を溢れさせている。

「いい……」

陶然《とうぜん》とした声でそう囁くと、遼一郎は微笑んだ。

遼一郎の手が国貴の腰をしっかりと捉え、ぐうっと引き下ろす。

「…っ」

刹那、奥まで充溢《じゅういつ》が届き、国貴は悲鳴に近い声を上げて達した。

「……国貴様」

繋がったまま遼一郎に押し倒され、膝が胸につきそうになるほど深く躰を折り曲げられる。遼一郎を深々と食《は》んだまま腰を揺すれば、すぐに躰は彼を求めて疼いた。

「遼……もっと……」

「そんなことを言われると、歯止めが利かなくなって、酷くしてしまいそうだ」

「してくれ……酷く」

誘うように囁いて、国貴は汗の滲んだ遼一郎の首筋に顔を埋めた。

「国貴様……」

いつになく激しく、余裕のない抜き差しに翻弄《ほんろう》され、国貴は必死で彼にしがみついた。

「遼……遼、…遼……」

「どうか、泣かないでください」

優しい声で遼一郎は囁き、国貴の瞳から溢れ出した涙を舌先で拭う。

夢中になって唇を合わせると、もう離れている場所などないような気がした。

ぴったりと一つに重なり、隙間なんてどこにもない。

　互いに互いで埋め尽くすという、その至福。


　あまりにも何度も求められて、求めすぎて、どれくらい時が経ったのかわからないほどだ。

「明日には、あの酒場に仕事を断りに行ってくるよ。謝らないといけないし」

　壁にもたれかかって座る遼一郎の上体に身を預け、国貴はそう囁く。

「そうですね」

「でも、これでまた……仕事がなくなってしまったな」

「焦っても仕方ありませんから、ゆっくり探しましょう。俺も手伝います」

　遼一郎が国貴のこめかみにくちづけてきて、その甘い仕草に照れてしまう。

「これじゃまるで、僕がおまえに囲われているみたいだ」

　冗談めかして言うと、遼一郎は声を立てて笑った。

「光栄です」

　ぼんやりと滲む灯りの下、遼一郎はふと気づいたように、床の上に落ちていた葉書を拾い上げた。

「これは……？　どなた宛ですか？」

「ああ、頼まれたんだ。葉書を買ったときに、代わりに書いてほしいと」

「さながら、代書屋ですね」

　遼一郎は微笑み、その葉書を今度は机に戻す。それから、はっとしたように呟いた。

「そうか……」

「どうした？」

「仕事ですよ。国貴様が家でできる仕事を、思いつきました」

　遼一郎はそう言って、にっこりと笑った。

4

「こんにちは、国貴さん」

明るい声をかけられて窓を拭いていた国貴が道路を見下ろすと、隣家の夫人がにこにこと笑っていた。

「こんにちは」

「これから買い物に行くんだけど、豚肉いらない？半分ずつにしたほうが安いわ」

「じゃあ、お願いしてもいいですか？」

引き受けてくれるのであれば、互いに分担したほうが安上がりになる。国貴が肉屋の臭いが苦手なことを知る彼女は、時々こうして話しかけてくれるのだ。

「決まりね。あとでお米、頼んでいいかしら？」

「ええ。うちもそろそろ必要ですし」

「重くて大変だから、助かるわ」

そう言う彼女に、向こうからやって来た通りすがりの女性が声をかけるのが見えた。

狭い長屋で身を寄せ合うようにして暮らす遼一郎と国貴のことを詮索する者は、誰もいない。

上海は活気に溢れた猥雑な街だが、それゆえに包容力がある。そのエネルギーに怯えているうちは異邦人にしかなれないが、あれから半年近くが経つうちに、いつしか国貴たちもこの街に馴染みつつあった。

「あの、すみません」

隣家の夫人に言われたのか、いかにもあだっぽい風情の女性が話しかけてきた。仕事は酌婦か湯女だろう。国貴をちらりと見る仕草でも科《しな》を作った。

「はい」

「手紙、書いてくれる人がいるって聞いたんだけど」

「ああ、代書《だいしょ》を。今、玄関に回ります」

戸を開けた国貴は、彼女に向かって微笑んだ。

「どうぞ、お聞きしますから」

「あんたが書いてくれるの？」

「ええ」

はにかんだように笑みを浮かべると、彼女の頬が微かに染まる。

「よかった。看板が出てないから、どうしようかと思ったんだ」

「看板は出さないことにしているんです」

国貴はそう告げると、彼女を食堂を兼ねた居間に通した。

「何を書きましょうか」

「郷《さと》の家族になんだけどね、私が元気だってことと、それから幸せに暮らしてるって……書いてくれる？」

「わかりました」

「あとは……結婚していい旦那さんが見つかったとも書いて。そのうちお金も、送るって」

どこか自嘲《じちょう》の入り混じった声音を聞かなかったこととして、国貴はただ頷いた。

「わかりました。絵葉書でよければ、いくつかありますよ」

「そうなの？」

「はい」

国貴はそう言って、箱の中から何枚もの絵葉書を出す。

「あら、わざわざ買い置きしてあるの？」

答えずに曖昧《あいまい》に頷く。

菩提樹《ぼだいじゅ》の並木が描かれたもの。

港の光景。

「初めて上海に来たとき、とても綺麗《きれい》でさ、夢は何でも叶いそうだなんて思ったもんだけどねえ……」

言葉が途切れた。

それでもまだ、国貴にとってここは夢の街だ。

愛する人と暮らすという、甘い夢を見ている。

「じゃあ、これがいいわ」

彼女は何枚もの絵葉書を見比べて、プラタナスとフランス租界の住宅地が描かれたものを選んだ。

「今書きますか？　それとも、取りに来ます？」

「じゃあ、待ってるわ」

「わかりました」

国貴は首肯《しゅこう》し、それから万年筆を手にとって丁寧な文字で文章を書き始めた。

「綺麗な字。私、字は読めないけどわかるわ。あんた、学があるって顔、してるし。どうしてこんなところに流れ着いたの？」

「――好きな人がいたんです」

「へえ……そりゃ、羨《うらや》ましいわねえ」

彼女の言葉は、心からの羨望《せんぼう》を帯びていた。

「私も好きな人についてきたのよ。……捨てられたけどね」


返す言葉もないまま、国貴は淡々と文面を綴《つづ》る。

「どうぞ、こちらになります」

絵葉書を手渡すと、彼女はそれを見て初めて無邪《むじゃ》気《き》に笑った。

「ありがとう」

「どういたしまして」

幾《いく》ばくかの礼金をもらい、国貴は彼女を送り出す。

酒場にやはり給仕は無理だと謝罪しに行くと、彼女も国貴を雇うとトラブルになりそうだからと断ってきて、円満に解決した。

国貴の仕事に代書屋がいいと言い出したのは、遼一郎だった。あの雑貨屋のつてで細々と始めてみたのだが、それなりに需要はある。手紙だけでなく、役所向けにあれこれ書類を作ることもあった。

もう、自分のために絵葉書を買うことはない。

出すことのできない絵葉書に、国貴は心の中でいつも『幸せに暮らしています』としたためる。

幸せです。

好きな人と生きていけることはこんなに幸福で、怖いくらいに嬉しい。

息が止まりそうになるほど。

ここは旅の途中で、またどこかに逃げなくてはいけないかもしれない。

それでも、大丈夫だ。

お互いがお互いである限りは生きていける。

どんな名前をつけようと、どんな姿をしていようと、遼一郎は遼一郎で、国貴は国貴だから。

そんな日常はかくも優しく、そして愛しい。

だから、この生活を守ろうと願う。

この先ずっと、彼の傍らにいるために。

それだけが、国貴の望みだ。

「ただいま」

そんな声が聞こえてきて、国貴は振り返る。

振り返ると、戸口に遼一郎の姿があった。

「――お帰り、遼。早かったんだな」

自分のその言葉がくすぐったくなって、国貴は微笑む。

「どうかしましたか？」

このところ、急に夏めいてきた陽射しのせいで少し日に焼けた遼一郎が、不思議そうに首を傾げる。

「何でもない」

近づいてきた遼一郎の指先が国貴の頬を愛しげに辿った。

国貴はその手にそっと触れる。

こうして確かめられるのは、あまりにささやかな幸福だ。

けれどもそれは何よりもかけがえがなく、大切なものだと国貴は知っている。

「ただ、おまえを愛してると思っただけだ」

「そう簡単に、殺し文句を言わないでください」

遼一郎は小さく笑うと、国貴の唇を軽く啄《ついば》む。

「俺はいつも思っていますよ。あなたを愛していると。永遠に……あなただけを」

それが他の誰にも聞かせることのできぬ誓いであってもかまわない。

ただ国貴の耳にだけ届けばいい。

遼、とその名を甘い声で呟いて、国貴は誰よりも愛しい相手の胸に顔を埋めた。

あとがき

こんにちは、和泉桂です。

このたびは、リンクスロマンスの記念すべき創刊ラインナップに加えていただいて、かなり緊張しております。

今回のお話は、少し時代をさかのぼって舞台が大正になるのですが、ドラマティックな展開……というか、メロドラマを目指しました。

取っつきにくさがなくなるように、かなり気を付けて書いたつもりなので、とにかく楽しんでいただければ嬉しいです。


このお話を思いついたきっかけは、「一族ものを書きませんか?」という当時の担当さんの一言でした。そうでなくとも一族ものや兄弟ものは大好きだったうえに、以前から大ファンだった円陣闇丸様に挿絵をお願いできたと伺って、わくわくしながらプロットを練りました。

当初は現代を舞台にした謀略ものにするつもりで、清澗寺家という架空の一族を設定していましたが、気づけばいつの間にか全然違うものに……。

いくらなんでもこんなに趣味に走ってはまずいだろうとも思ったものの、太っ腹な編集部がゴーサインを出してくださったため、楽しく書かせていただきました。

誤算だったのは、かなり早いうちから準備を始めていたくせに、資料を読み込んだり現地取材（と書くと大げさですが）をしているうちに、結局バタバタしてしまったことでしょうか。結果的には、資料を無視せざるを得なかったところも多かったですし……。

取材はかなりギリギリの日程で行ってしまったのですが、とても面白かったです。また行きたいと思っています。

そして、ここまでのボリュームになってしまったことも、思い切り計算外でした。

じつは、前後編で雑誌に掲載していただいた段階から書きすぎで危機的状況にあったのですが、ノベルズ化するにあたって大幅に加筆修正をしているうちに、更に枚数が膨れ上がってしまいました。

ノベルズ用の書き下ろしが入るかどうか、途中で不安になってしまったほどです。おかげで、リンクスロマンスでの二段組第一号となってしまっただけでなく、ページ数も……。かくして編集部の皆様にも、思いっきりご迷惑をおかけしてしまいました。とても反省しています。

そんなこんなで生み出したお話でしたが、自分の趣味を貫かせていただき、かなり晴れやかな気分です。

　これで読者の皆様にも楽しんでいただければ、言うことがないのですけれど……こればかりはどうなんでしょう。ドキドキしております。


　私は登場人物が多い小説を書くのが好きで、油断するとついつい人数を増やしてしまうのですが、清澗寺家の父子とその周囲に関しては、なかなか個性的な面々になったかな、と思っています。うっかり、全員にそれぞれ一本ずつのプロットを考えてしまったくらいです（笑）。

　国貴は作者でさえも予想外の行動をし、時には思い切り暴走してくれるため、書くたびに新発見の連続でした。

　遼一郎は、私の書くキャラクターではかなり珍しいタイプのような気がします。でも、彼のおかげで主従関係ものに目覚めました。

　浅野は……言わずもがな。私の一番好きなタイプのキャラクターです。書くのは難しいのですが、彼の出てくるシーンはとても楽しかったです（笑）。

　ご感想を伺っていると、意外と冬貴と伏見を気にかけてくださっている方が多くて、そちらも嬉しかったです。

では、最後に今回お世話になった皆様方に感謝の言葉を。

まずは、このお話に素晴らしい挿絵を描いてくださった、円陣闇丸様。ずっとファンだっただけに、こうして一緒にお仕事をする機会をいただけて、とても嬉しかったです。今回は、「円陣先生の絵でこういうキャラクターを見たい」とか「軍服を見たい」とか、とにかく煩悩の赴くままに書きました。美しいイラストを描いていただき、毎回、身悶えしながら拝見しております。本当にどうもありがとうございました。それなのに、原稿が遅れに遅れて、ご迷惑をおかけしてしまって大変申し訳ありませんでした。精進いたしますので、今後ともどうかよろしくお願いいたします。

このお話は、時代背景や設定等の考証についてもいろいろな方にご協力をお願いしたのですが、とりわけ、細部に渡ってチェックしてくださった唐沢靖（仮名）様。このお話は、唐沢様のご協力なしでは成り立ちませんでした。どうもありがとうございました。

加減を知らない暴れ馬のような作家の面倒を見てくださった、前担当の小林様、現担当の根上様ほか、編集部の皆様にも感謝の言葉を。試行錯誤しながら一緒に作り上げたお話を、こうして形に残すことができてほっとしております。

そして、執筆中にいろいろ相談に乗ってくれた家族とお友達の皆も、本当にありがとうございます。こうして書き続けていられるのも、皆の協力と支えがあってこそです。いつか少しでも恩返しできるといいのですが。

最後に、このお話を読んでくださった読者の皆様に、心より御礼申し上げます。雑誌掲載時には思いがけずたくさんのご感想をいただき、とても嬉しかったです。時代ものなんて取っつきにくいだろうと不安に苛まれていたのですが、皆様のご感想には救われた気分でした。どうかこの新書も楽しんでいただけるといいのですが……。たとえどんなにささやかなものであっても、このお話を読んでくださった方の心に何かが残ることがあるのなら、それに勝る幸福はありません。

それでは、またどこかでお目にかかれますように。

二〇〇三年二月

和泉　桂

★商業誌・同人誌の情報については公式サイトでお知らせしています。
http://www.k-izumi.jp/

初出

この罪深き夜に――――――――――― 2002年　小説エクリプス8・10月号（桜桃書房）掲載作品
「この罪深き夜の果て」を改題、加筆修正

この夜が明けても――――――――― 書き下ろし

この本を読んでの
ご意見・ご感想を
お寄せ下さい。

〒151-0051
東京都渋谷区千駄ヶ谷4-9-7
(株)幻冬舎コミックス　小説リンクス編集部
「和泉《いずみ》 桂《かつら》先生」係／「円《えん》陣《じん》闇《やみ》丸《まる》先生」係

リンクス ロマンス

この罪深き夜に

2003年2月28日　第1刷発行
2007年8月25日　第5刷発行

著者……………和泉《いずみ》 桂《かつら》
発行人…………伊藤嘉彦
発行元…………株式会社　幻冬舎コミックス
〒151-0051　東京都渋谷区千駄ヶ谷4-9-7
TEL 03-5411-6431 (編集)
発売元…………株式会社　幻冬舎
〒151-0051　東京都渋谷区千駄ヶ谷4-9-7
TEL 03-5411-6222 (営業)
振替00120-8-767643
印刷・製本所…図書印刷株式会社
検印廃止

ISBN4-344-80207-1　C0293
Printed in Japan

幻冬舎コミックスホームページ　http://www.gentosha-comics.net